Una noche para amar

Sarah M. Anderson

HARLEQUIN™

Editado por Harlequin Ibérica.
Una división de HarperCollins Ibérica, S.A.
Núñez de Balboa, 56
28001 Madrid

© 2013 Sarah M. Anderson
© 2016 Harlequin Ibérica, una división de HarperCollins Ibérica, S.A.
Una noche para amar, n.º 132 - 24.8.16
Título original: Bringing Home the Bachelor
Publicada originalmente por Harlequin Enterprises, Ltd.

I.S.B.N.: 978-84-687-8274-4
Depósito legal: M-16317-2016
Impresión en CPI (Barcelona)
Fecha impresion para Argentina: 20.2.17
Distribuidor exclusivo para España: LOGISTA
Distribuidores para México: CODIPLYRSA y Despacho Flores
Distribuidores para Argentina: Interior, DGP, S.A. Alvarado 2118.
Cap. Fed./Buenos Aires y Gran Buenos Aires, VACCARO HNOS.

Capítulo Uno

En medio de la discusión, la misma que tenía con su hijo adolescente cada mañana, Jenny deseó, por una vez en la vida, tener a alguien que se ocupara de ella. Ansiaba que la mimaran. Aunque solo fuera un momento, se dijo a sí misma con un suspiro. Quería saber lo que se sentía al tener el mundo a sus pies, en vez de soportar que todos la pisotearan.

–¿Por qué no puedo ir con Tige después del colegio? –protestó su hijo de catorce años, Seth, desde el asiento del copiloto–. Tiene una moto nueva y me dijo que me dejaría montar. Es mejor que perder el tiempo esperando a que termines en tu estúpida reunión.

–Nada de motos –repuso Jenny en el tono que empleaba con sus alumnos de primaria cuando se le estaba empezando a agotar la paciencia. Con suerte, conseguiría llegar al colegio antes de perder los nervios. Solo quedaban unos pocos kilómetros, pensó, pisando el acelerador.

–¿Por qué no? Josey va en su moto a todas partes y no lo haría si fuera peligroso.

–Josey es una mujer adulta –contestó Jenny, apretando los dientes. Cuando Seth tenía ocho años, siempre había sabido cuándo era el momento de dejar de insistir. Con catorce, no parecía conocer límites–. El marido de Josey la enseñó a montar, nunca ha tenido un accidente y sabes de sobra que no se ha subido a la moto desde que se quedó embarazada. Además, te recuerdo que Tige tiene diecisiete años y conduce demasiado rápido, no lleva casco y se ha estrellado ya dos veces. Nada de motos.

—Ay, mamá. No estás siendo justa.

—La vida no es justa. Acostúmbrate.

Seth dio un respingo.

—Si mi padre estuviera aquí, me dejaría montar.

Antes de que Jenny pudiera pensar en una respuesta coherente a la acusación favorita de Seth para hacerle sentir culpable, llegaron a la escuela de Pine Ridge, donde trabajaba como maestra. Había furgonetas y coches aparcados por todas partes. Y la zona estaba iluminada con unos focos impresionantes.

Maldición, se dijo Jenny. La discusión con Seth la había distraído tanto que había olvidado de que ese era el primer día de grabación en el centro.

La escuela de Pine Ridge era el único lugar donde se podía asistir a primaria y secundaria dentro de un radio de dos horas en coche. Había sido fundada y construida por su prima Josey Pluma Blanca y su tía, Sandra Pluma Blanca. La habían terminado a tiempo para el primer día de clase el curso pasado, sobre todo, gracias a las donaciones de Crazy Horse Choppers, una empresa dirigida por Ben Bolton y sus hermanos, Billy y Bobby. Los Bolton hacían mucho dinero con sus motos de diseño. Josey había acabado casándose con Ben Bolton y estaba embarazada de su primer hijo.

Por si la historia no fuera lo bastante novelesca,

todavía había más. Bobby Bolton se había empeñado en grabar *webisodios* –una palabra que Jenny creía inventada– para mostrar cómo Billy construía motos en el taller de Crazy Horse. Luego los colgaban en Internet y, al parecer, estaban recibiendo cientos de visitas, sobre todo, porque Billy maldecía como un carretero y, a veces, tiraba a la gente herramientas a la cabeza. Ella no tenía conexión a Internet, por eso, no lo había visto. Ni quería verlo. Sonaba como entretenimiento basura.

Lo peor era que el equipo de grabación se había trasladado al colegio. Se suponía que Ben Bolton iba a construir una moto en la escuela taller e iba a enseñar a los alumnos a usar las herramientas. Luego, los Bolton iban a subastar la moto y darían los beneficios a la escuela. Bobby iba a grabarlo todo.

Jenny no sabía qué parte del plan le gustaba menos. Ben no era tan malo. Era un hombre centrado, inteligente y atractivo, aunque era demasiado sofisticado para su gusto. Pero le bastaba con que hiciera feliz a Josey.

Bobby, el más joven de los Bolton, hablaba con ella solo cuando quería algo. Era guapo, encantador y muy rico, pero a ella no le daba confianza.

En Billy, el mayor de los tres, confiaba menos todavía. Debía de ser un Ángel del Infierno… No le sorprendería nada que perteneciera a una banda de moteros criminales. Era un hombre enorme que le daba miedo a todo el mundo. Cuando Josey se lo había presentado en su boda, le había resultado peligroso, callado y sexy. Una combinación excitante, si ella se hubiera dejado excitar, claro. Estaba muy llamativo con el pelo moreno recogido en una cola de caballo impecable, la barba perfectamente arreglada y un esmoquin que le sentaba como un guante.

Como los otros dos Bolton, Billy era apuesto de una forma ruda y masculina y enormemente rico. Sin embargo, era el que menos alardeaba de su dinero. Ben era discreto, aunque solo se rodeaba de lo mejor. Bobby no se cansaba de exhibir su fortuna y su popularidad. Pero Billy actuaba como si el dinero familiar le molestara. Jenny se había quedado sin habla cuando él le había clavado la mirada con gesto intimidatorio. Apenas había sido capaz de saludarlo como era debido.

Y, en ese momento, el hombre en cuestión iba a irrumpir en su escuela y a relacionarse con sus alumnos.

Una cosa era que la pusiera nerviosa cuando iba vestida con un ligero vestido de cóctel en una boda que había costado más que su casa y su coche juntos. Pero sería por completo diferente si ese hombre intentara intimidar a alguno de sus alumnos como lo había hecho con ella.

Jenny no toleraría ningún comportamiento inadecuado o indecente por parte de ninguno de los Bolton, por muy musculosos que fueran. Si cruzaba los límites, Billy Bolton descubriría qué clase de mujer era.

Aparcaron en su sitio habitual y Seth salió del coche a toda velocidad. Había muchas personas deambulando por todas partes. Por lo general, Jenny era la primera en llegar al colegio. Le gustaba entrar en clase con tranquilidad, antes de que un montón de niños de seis, siete y ocho años irrumpieran en el aula. Se preparaba un té, se aseguraba de tener listo el material y revisaba el plan para el día. Mientras, Seth solía quedarse en la sala multiusos practicando guitarra. Era perfecto.

Sin embargo, ese día nada sería perfecto.

—Tenemos un problema, un coche en la escena —gritó una mujer, pasando a su lado sin saludar, mientras un hombre la cegaba con la luz de los focos.

Antes de que pudiera resguardarse de la luz, alguien habló a su lado.

—¿Jennifer? Hola, soy Bobby Bolton. Nos conocimos en la boda. Me alegro de volver a verte. Estoy encantado de poder estar aquí, haciendo algo bueno por la escuela. Hacéis un buen trabajo y nos entusiasma poder participar. Pero vamos a necesitar que quites tu coche.

Jennifer. A Jenny se le erizaron los pelos de la nuca. Sí, Bobby había intentado halagarla, pero ella no se llamaba Jennifer. Su nombre era Jenny Marie Wawasuck.

Se giró despacio, mientras su hijo Seth hacía una mueca. Hasta un chico de catorce años sabía que por nada del mundo debía llamarla Jennifer.

—¿Disculpa? —dijo ella. Fue lo más educado que se le ocurrió responder.

Bobby llevaba auriculares y, a pesar de que no parecía la clase de hombre que se levantara antes de mediodía, estaba tan guapo como siempre.

—Como estoy seguro de que sabes, Jennifer, vamos a grabar esta mañana. Necesitamos que muevas el coche.

Era demasiado temprano para perder los nervios, se dijo ella, perdiéndolos por fin.

–¿Por qué?

La sonrisa que Bobby le dedicó le dio ganas de darle un puñetazo en el estómago.

–Vamos a grabar cómo llega Billy en la moto y necesitamos espacio –explicó Bobby con un tono menos halagador y más autoritario–. Mueve el coche.

¿Quién se había creído que era? Jenny hizo una pausa, un truco que solía funcionar para captar la atención de un niño de cualquier edad. Se irguió en toda su altura de metro sesenta y tuvo que levantar la cabeza para mirarlo a los ojos.

–No. Este es mi sitio. Siempre aparco aquí –señaló ella. En parte, sabía que no estaba siendo muy racional, no le costaba mucho mover el coche. Pero no quería que Bobby Bolton pensara que podía darle órdenes.

Demasiadas personas la trataban como si fuera inferior. Creían que no discutiría porque era una chica complaciente o porque era maestra o porque no tenía nada. Sobre todo, por lo último. Aunque sí tenía una plaza de aparcamiento.

Bobby dejó de sonreír. Parecía agotado.

–Sé que es tu sitio, pero creo que una mujer adulta puede sobrellevar aparcar en otra parte solo por un día. Muchas gracias. ¿Vicky? –llamó él por el micrófono que llevaba–. ¿Podemos traerle a Jennifer un café? Gracias –dijo, y se volvió hacia Jenny con otra de sus falsas sonrisas–. Sé que es temprano, pero una vez que muevas el coche y te tomes un café, estoy seguro de que te sentirás mejor, Jennifer.

A Jenny le repugnaba su tono paternalista. Antes de que pudiera decirle que no tomaba café y que no iba a mover su coche de ninguna manera, una sombra se acercó por detrás, cegando la luz de los focos.

Un escalofrío la recorrió, al mismo tiempo que se le erizaba el vello.

–Su nombre no es Jennifer –dijo una voz poderosa y, para enfatizar el comentario, le pegó a Bobby un puñetazo en el brazo que casi le hizo perder el equilibrio–. Se llama Jenny. Y deja de portarte como un idiota.

Jenny tragó saliva. Billy Bolton pasó a su lado y se paró delante de su hermano. No debía tenerle miedo, se recordó. ¿Qué importaba si era mucho más alto que ella y si llevaba una chaqueta de cuero con aspecto carísimo y vaqueros y camiseta negra ajustada? ¿Qué más daba que llevara gafas de sol, a pesar de que apenas había amanecido? No era asunto suyo que fuera la viva imagen de un sexy rebelde motero.

Estaban en su territorio, se dijo Jenny. No podía acobardarse, se repitió a sí misma.

Enderezando la espalda, ella puso cara de no ser alguien manipulable y no se movió. Entonces, se dio cuenta de lo que Billy había dicho.

Él sabía cómo se llamaba.

Había creído que no se acordaría de ella. Sin embargo, allí estaba, dándole un puñetazo a su hermano porque se había equivocado con su nombre.

Era su escuela, su reserva, se repitió a sí misma para darse fuerzas, mientras se aclaraba la garganta.

–Bien. Bueno, que os divirtáis haciendo vuestra película –dijo ella, y se giró para dirigirse al edificio.

Pero Bobby reclamó su atención de nuevo.

–No hemos solucionado el problema.

–¿Qué problema? –preguntó Billy.

Mientras se alejaba, Jenny sintió que esa voz masculina y grave reverberaba en su interior y la hizo estremecer. Recordó que le había producido la misma reacción física la otra vez que se habían visto.

–El coche de Jennif… El coche de Jenny está en medio de la escena. Necesitamos grabarte llegando en tu moto al amanecer y su coche estará en medio. Le he pedido que lo aparque en otro sitio, solo por hoy –indicó Bobby, lanzándole una sonrisa condescendiente a Jenny–. Como es temprano y todavía no se ha tomado un café, no comprende lo importante que es que mueva el vehículo.

Vaya charlatán embaucador, se dijo ella. ¿Creía que iba a poder confundirla con su lenguaje educado y la clase de sonrisa que debía de derretir a la mayoría de las mujeres?

–Solo porque Josey te haya dado permiso para grabar en esta escuela, no significa que yo vaya a dejar que tú y tu gente interrumpáis la educación de mis alumnos –contestó ella con una sonrisa forzada.

Entonces, sucedió algo extraño. Billy la miró, se inclinó hacia delante e inhaló, como si la estuviera oliendo.

–No toma café –le indicó Billy a la mujer que se acercaba con una taza para ella.

De acuerdo. Billy Bolton comenzaba a darle miedo, reconoció Jenny para sus adentros. Ella había sido más o menos invisible para la raza masculina durante unos… catorce años, desde que había nacido

Seth. Nadie había querido mezclarse con una madre soltera, encima, india.

Aunque Billy… No solo prestaba atención a su nombre o a cómo olía. Le estaba prestando atención a ella. Jenny no sabía si sentirse halagada o aterrorizada.

—¿No vas a mover el coche? —preguntó él.

—No.

Jenny no podía verle los ojos tras las gafas de sol, pero adivinó que la estaba mirando de arriba abajo. Luego, tras asentir un momento, Billy se giró, caminó hacia la parte delantera de su coche y levantó el vehículo con sus manos. Sí, era un pequeño utilitario con veinte años de antigüedad pero, aun así, lo levantó como si no pesara más que una bolsa de la compra. Si ella no hubiera estado tan furiosa, se hubiera quedado embelesada ante la visión de todos sus músculos en acción. Aquel hombre era la fantasía del chico malo hecha realidad.

—¡Eh! —gritó Jenny, mientras Billy arrastraba el coche a un par de metros y lo dejaba caer sobre la hierba—. ¿Qué crees que estás haciendo?

—Arreglar el problema —contestó Billy, se limpió las manos en los vaqueros y se volvió hacia ella con naturalidad, como si fuera lo más normal del mundo mover los coches levantándolos a pulso.

Fue la gota que colmó el vaso. No solo tenía que soportar las continuas insolencias de su hijo. Había intentado ser amable y educada, portarse como una buena chica, pero no le había traído más que dolor.

—Escúchame tú —le espetó ella y, sin pensarlo, se acercó y le dio un empujón en el pecho.

Aunque él no se movió ni un milímetro. Era como golpear una sólida pared de piedra. De nuevo, a Jenny se le puso la piel de gallina.

–No he venido aquí para que tú, tu hermano o vuestra gente me tratéis como si fuera basura. Soy maestra. Esta es mi escuela. ¿Lo entendéis?

A Jenny le pareció que Billy esbozaba una sonrisa. ¿Se estaba riendo de ella?

Cuando levantó la mano para darle otro empujón, Billy se la capturó con sus enormes dedos y se la sujetó. En un instante, a ella le subió la temperatura.

Con esfuerzo, forcejeó para zafarse.

–Escúchame. No me importa lo grande o rico o famoso que seas... estás en mi escuela, en mi reserva. Si cometéis un solo error, si tocáis a uno de los chicos o decís algo inapropiado, me ocuparé de haceros picadillo personalmente y de daros de comer a los coyotes. ¿Lo he dejado claro?

Billy no dijo nada. La miró escudado en sus gafas de sol. Detrás de su poblada barba, a ella le pareció verlo sonreír ligeramente.

–Mamá –llamó Seth.

–Tenemos que empezar a grabar, Jenny –indicó Bobby, interponiéndose entre Billy y ella para que se fuera.

Pero ella le lanzó su mirada más letal a Billy antes de irse.

–Esto no termina aquí.

–No, no lo creo –murmuró Billy, mientras ella se alejaba.

Capítulo Dos

Billy se quedó allí parado, pensando que el día había dado un giro para mejor.

¿Acababa la bonita prima de Josey de amenazarlo con hacerle picadillo? Diablos, nadie se atrevía a amenazarlo nunca… a excepción de sus hermanos. Todos los demás conocían su reputación en las peleas, a pesar de que las últimas habían ocurrido hacía más de diez años. Y sabían que tenía bastante dinero para denunciar a quien quisiera y hacerle la vida imposible en los tribunales.

Maldición, la preciosa Jenny seguramente conocía ambos hechos y lo había amenazado de todos modos. Se pasó los dedos por la parte del pecho donde había intentado empujarlo, justo donde llevaba tatuada una rosa espinada. Todavía podía sentir la calidez de su contacto. ¿Cuánto tiempo había pasado desde la última vez que lo había tocado una mujer?

Él siempre había tenido un gusto horrible para las féminas. Tenía cicatrices para demostrarlo. Había recibido algunas ofertas en los últimos tiempos, sobre todo, provenientes de mujeres sofisticadas que estaban más interesadas en su dinero que en él. Pero Billy no iba a dejar que le rompieran el corazón de nuevo. Y, por lo general, emanaba las vibraciones adecuadas para repeler a la mayoría de las chicas.

De hecho, si recordaba bien, estaba seguro de que Jenny Wawasuck se había asustado de él cuando se habían conocido en la boda de Josey. Quizá, él había tenido la culpa.

Josey le había pedido que se pusiera esmoquin para ir a la boda. Y lo había hecho con tanta dulzura que lo había convencido. Billy había rebuscado en el fondo de su armario para encontrar el traje que se había hecho a medida cuando, años atrás, Bobby lo había arrastrado a una de sus fiestas de postín en Hollywood. Aunque el traje era suyo y era de su talla, la pajarita solo había aumentado su mal humor. Cuando había visto lo feliz que se había mostrado su hermano al casarse, además, solo le había servido para recordar sus propias carencias.

Jenny le había parecido una chica encantadora, bonita y discreta, nada que ver con las mujeres explosivas con las que había salido en su época de mujeriego. Y tampoco se parecía a las damas sofisticadas con las que se había topado en las fiestas de la alta sociedad con Bobby.

Estaba muy hermosa en la boda, con el pelo largo, rizado y suelto, y los hombros desnudos. Tenía aspecto de ser la clase de buena chica que evitaba mezclarse con los tipos como él.

Para colmo, él no había sido capaz de pensar en nada que decirle. Al recordarlo, le subió la temperatura.

Por supuesto, Jenny no era su tipo. Y las chicas como ella nunca saldrían con alguien como él. Era mejor dejarlo así.

Saliendo de sus pensamientos, Billy se giró hacia

Bobby, que le estaba dando instrucciones para que se montara en la moto y condujera hasta la puerta del colegio otra vez. Bobby tenía la irritante costumbre de hacer veinte tomas para cada escena. Por lo general, a él le sacaba de quicio perder el tiempo. Sin embargo, en ese momento, agradecía tener tiempo para pensar.

Lo habitual era que Billy tuviera la mente ocupada con su último diseño o con cómo enfrentarse a algún problema con su padre o hermanos. No obstante, ese día, mientras conducía una y otra vez por el mismo camino que llevaba hasta la escuela, solo podía pensar en Jenny.

Olía a colonia infantil, un suave aroma que encajaba con la imagen que tenía de ella en la boda, dulce y agradable. Pero no entonaba con la mujer que acababa de amenazarlo. Y no olía a café. Además, él sabía que Josey solía tomar solo té cuando estaba en la reserva. Por la forma en que ella había abierto los ojos de par en par, adivinaba que había acertado al decir que no tomaba café.

Tampoco podía dejar de darle vueltas a cómo Jenny le había dicho que la conversación no había terminado. Quizá, se estaba volviendo un blando con el tiempo. Pero esperaba que ella tuviera razón.

Por fin, después de una hora de repetir el mismo camino sin parar, Bobby decidió que podían dejar de grabar esa escena. Para entonces, la escuela estaba llena. Todos los niños estaban allí, junto a un puñado de padres.

En el pasado, cuando Billy se había ganado su reputación de pendenciero, la gente lo había contemplado con respeto. Algunos habían querido hacerse amigos suyos, otros habían intentado probar que habían sido más duros o más malos. Esas reacciones no habían hecho más que empeorar desde que habían empezado con los webisodios. El público esperaba que fuera gracioso o rudo o todo a la vez. Todos querían ver al Salvaje Billy. Y él lo odiaba.

La mujer de su hermano Ben, Josey, se acercó a él cuando aparcó delante del taller de la escuela donde iban a construir la moto.

—Buenos días, Billy. ¿Todo va bien?

Sin duda, Jenny había tenido una conversación con su prima, adivinó él.

—Bobby es un capullo...

—¡Eh! ¡Cuida tu lengua! ¡Hay niños presentes!

—Bobby es un memo, eso es. Un memo —se corrigió él. Iba a ser un día muy largo, pensó.

Josey suspiró.

—Recuerda las reglas, Billy.

—Sí, sí, lo sé. Debo cuidar el lenguaje, comportarme con educación, no lanzar cosas.

Josey le dio una palmadita en el brazo.

—Solo serán tres semanas.

Sí, solo pasaría tres semanas en el colegio. Pero no veía el momento de que Bobby dejara de dirigir su vida en el futuro próximo. Solo había aceptado prestarse a las grabaciones porque Ben había dicho que era una buena forma de justificar el gasto de nuevo material para el taller. Y él adoraba el nuevo material. Diablos, probar una herramienta nueva era lo más divertido de construir una moto. Además, había pensando que era una manera de mantener la paz en la familia. Sin embargo, en el presente, no estaba tan seguro de eso.

Por supuesto, debía sentirse halagado porque la gente lo reconocía por la calle. Incluso habían creado una página de seguidores en Facebook. Aunque, en el fondo, lo que Billy deseaba era que *Moteros americanos,* que era como Bobby había titulado la serie de webisodios, fracasara. Así, podría continuar haciendo lo que mejor se le daba, construir motos de diseño. Nada de cámaras, nada de seguidores, nada de ser famoso.

En su taller, era el único lugar donde podía sentirse en paz y trabajar en silencio.

Lo malo era que no tenía pinta de que pudiera volver a encerrarse a solas en su taller, al menos, por el momento. *Moteros americanos* cada vez tenía más seguidores en Internet. Él, sin embargo, apenas había visto más de dos minutos de ninguna grabación. Le resultaba vergonzoso. Odiaba la reputación de motero salvaje que la serie le estaba dando.

–Ah, aquí viene Don Dos Águilas –estaba diciendo Josey, mientras saludaba con la mano a un tipo mayor–. Don, este es…

–Billy Bolton. Te pareces a tu padre –observó Don.

Ni Don lo dijo que como un cumplido, ni Billy se lo tomó como tal.

Ben le había hablado a su hermano de Don.

–¿Tu eres el tipo que le rompió la mandíbula a mi padre en los ochenta, en Sturgis?

–Exacto. Dejé fuera de combate a tu viejo y no me importaría hacer lo mismo contigo. Así que compórtate, ¿de acuerdo?

–Don –le susurró Josey al otro hombre con tono de reprimenda. Luego, volvió a hablar con normalidad–. Ahora los chicos se pondrán en fila. Bobby cree que es buena idea que saludes a algunos de los alumnos más mayores. Vamos a prepararlos para que te estrechen la mano. ¿Te parece?

–Vale.

–Estaré vigilándote –advirtió Don antes de irse a atender otro asunto.

–¿Puedes creer que Bobby quiere traer aquí a tu padre para que se pelee en directo con Don? –murmuró Josey–. A veces, tengo mis dudas sobre la cordura de ese hermano tuyo.

–A mí me pasa igual.

Por eso, a Billy le caía bien Josey. Ella entendía cómo funcionaba la familia Bolton y trataba de hacer todo lo posible para evitar roces. Ben había elegido bien.

–¿Jenny va a sacar a los niños de su clase también? –preguntó él, sin pensar.

Josey le lanzó una mirada de extrañeza.

–No, los de segundo y tercero de primaria no tienen permiso para asistir a la escuela taller.

–No pensaba romperle el coche –añadió él.

–Lo sé. Solo querías solucionar un problema. Eso es lo que mejor sabes hacer, Billy –señaló ella, dándole otra palmadita en el brazo con gesto maternal.

Billy iba a limpiar el barro de las ruedas de su moto cuando se le acercó Vicky, la asistente de producción.

–Tenemos que ponerte el micro, Billy.

Vicky, sin duda, entraba en la categoría de chicas a las que les daba miedo, pensó él. Ponerle el micrófono implicaba pegárselo con cinta adhesiva al pecho. Y a Vicky no parecían gustarle demasiado sus tatuajes.

–Bueno –dijo ella, posando los ojos en la camiseta ajustada de Billy–. Supongo que tendrás que quitarte eso.

Justo cuando Billy iba a hacerlo, las puertas de la entrada del colegio se abrieron y cincuenta niños salieron de golpe. Casi de inmediato, Josey se acercó y le sujetó la mano a Billy para que no se quitara la ropa.

–¿No será mejor que lo hagas en un sitio más discreto?

Vicky tragó saliva. Se esforzaba en no quedarse a solas con Billy. Y era curioso, porque él no era ninguna amenaza para las féminas. No había estado con una mujer desde…

Maldición. Era deprimente pensar cuánto tiempo llevaba acostándose solo. Hacía mucho tiempo que se había cansado de irse a casa con una chica distinta cada noche.

Desde entonces, se había concentrado en construir motos. Eso lo mantenía ocupado. Además, se le daba bien y le daba mucho dinero. Sin embargo, con el dinero, había comenzado a atraer a una clase de fémina distinta de las moteras de sus tiempos jóvenes… más mayor, más sofisticada y más interesada, si eso era posible. Él no estaba interesado en salir con nadie. La única vez que lo había intentado, le habían hecho pedazos el corazón. Era mucho más fácil construir motos.

Pero, en el presente, su pasatiempo favorito le estaba haciendo famoso. Diablos, hasta tenía miedo de salir de casa por la mañana. Unas cuantas seguidoras se habían presentado en Crazy Horse Choppers y lo habían tratado como si fuera una estrella de cine, gritando su nombre como locas. Incluso le habían lanzado unas braguitas. Bobby había grabado esa escena, por supuesto. O, tal vez, había formado parte del guion. Todo era posible.

En cualquier caso, Billy no caería en la trampa nunca más. Prefería estar solo que estar con alguien que solo quería utilizarlo.

Por eso, estaba solo.

–Id detrás del colegio. No podemos dejar que te desnudes delante de los alumnos –dijo Josey, y se fue a toda prisa para explicarles las reglas a los niños.

No iba a desnudarse, en realidad, se dijo Billy. Aunque entendía que no era apropiado quitarse la camiseta delante de los chicos. Tenía muchos tatuajes y eran la clase de tatuajes que asustaban a los niños y a las viejecitas.

Sin pensarlo más, Billy comenzó a andar hacia la parte trasera del colegio, seguido por Vicky a una distancia prudencial. Vicky le enganchó la batería en los pantalones, se acercó a su pecho y le entregó el micrófono mientras cortaba con la boca un pedazo de cinta adhesiva.

Se colocó el micrófono sobre el tatuaje de la rosa espinada, encima de donde Jenny lo había tocado.

Mientras pensaba de nuevo en la aguerrida profesora, le pitaron los oídos, como si alguien estuviera hablando de él. Al darse la vuelta, se dio cuenta de que una clase entera de mocosos tenía las narices pegadas a las ventanas.

Y, detrás de ellos, estaba Jenny Wawasuck con la boca abierta y ojos como platos, clavados en su torso desnudo. Billy se quedó paralizado. Seguro que había violado alguna regla, se dijo.

Si fuera como Ben, no le costaría encontrar una salida airosa a la situación o una manera de mitigar el daño. Si fuera Bobby, sonreiría y posaría para la profesora. Pero no era ninguno de ellos. Y no tenía ni idea de qué hacer. Así que se quedó allí parado, mirando a Jenny, casi retándola a salir y a convertirlo en comida para los coyotes.

Ella les dio alguna orden a los niños, que se apartaron todos de las ventanas de inmediato. Luego, le lanzó a Billy la mirada más cruel que ninguna mujer le había dedicado jamás. Y bajó las persianas.

Todo sucedió en menos de un minuto.

Maldición. La había fastidiado, pensó Billy. Lo único que no sabía era hasta qué punto. ¿Le echaría Jenny de la reserva? ¿Se ocuparía Don de eso?

Con un suspiro, se dijo que, por mucho que intentara evitarlos, los problemas siempre lo perseguían. Lo único que podía hacer era esperar que Jenny saliera hecha una fiera del colegio y le echara una regañina de las que hacían historia.

Billy preferiría que lo hiciera Don. Sabía qué esperar de los hombres como Don. Pero una mujer como Jenny era algo completamente impredecible para él. Una dulce profesora de primaria… que tenía un genio de mil demonios.

Resignándose a su destino, se puso la camiseta de nuevo. Nunca había comprendido por qué tenía que ser el protagonista de las grabaciones, a parte de que porque era quien construía las motos. Ben no salía nunca en escena. Bobby era quien se encargaba de las relaciones públicas. En ocasiones como esa, él deseaba ser tan buen orador como Bobby. Ese hombre sabía cómo engatusar a la gente. Bueno, a excepción de Jenny Wawasuck.

Billy volvió a la parte delantera, donde le fueron presentando a los chicos uno por uno. ¿Dónde estaba Jenny?, se preguntó, sin quitarle los ojos de encima a la puerta. No creía que ella pasara por alto un gesto tan ofensivo como quitarse la camiseta delante de los niños de primaria.

Cuando empezó a saludar a los chicos más mayores, los que se suponía que construirían la moto con él, comprendió dos cosas. Una, Jenny no iba a salir por la puerta para discutir con él. Y dos, eso le decepcionaba.

–Hola otra vez, señor Bolton –dijo uno de los chicos, que le estrechaba la mano.

A Billy le resultó familiar, aunque no recordaba cuándo había conocido a ese chico, que no tendría más de trece años.

–Nos conocemos, ¿verdad?

–Sí, nos vimos en la boda de Josey –respondió el muchacho con una sonrisa–. Yo era uno de los acomodadores.

–Sí –dijo Billy, dándole la mano de nuevo. Quizá fuera uno primo o un sobrino de Josey–. Nos vemos en el taller.

Después de haber saludado a todos los chicos de la fila, por suerte, Bobby no les hizo repetir la escena. Don y Josey comenzaron a guiar a los niños al taller para la siguiente toma, en la que Billy iba a explicarles cómo le ayudarían a construir la moto.

Entonces, sucedió.

La puerta del colegio se abrió y Jenny salió. A Billy le subió la temperatura, algo que no tenía lógica ninguna. Ella tenía el pelo largo y moreno y lo llevaba recogido en un moño en la base de la nuca. Llevaba una blusa blanca bajo una rebeca azul pálido y una anodina falda marrón. Era el vestuario perfecto para alguien que no quería que se fijaran en ella.

Sin embargo, Billy se fijó en ella. Y el corazón se le aceleró. Por alguna extraña razón, Jenny le resultaba sexy. Debajo de su aspecto de seria profesora, era una mujer de sangre caliente que no tenía miedo de decir lo que pensaba. Una combinación embriagadora.

Ella se quedó en las escaleras, en jarras, mirándolo. Normalmente, Billy le habría lanzado una mirada amenazadora. En lugar de eso, le dedicó un saludo burlón para hacerla enfadar de nuevo. No pudo evitarlo. ¿Qué le habrían parecido los tatuajes? ¿La asustaban? ¿O apreciaba su valor artístico?

–Necesitamos que entres –señaló Bobby, interponiéndose de nuevo entre Billy y Jenny.

Detrás de él, Billy vio que ella hacía un gesto con las manos que expresaba su disgusto y su rabia, antes de girarse y volver a entrar en el colegio.

No, aquello no había acabado. Ni de lejos.

Capítulo Tres

Billy necesitaba tomar un trago.

No bebía mucho, pero lo necesitaba. Llevaba todo el día intentando controlar su temperamento, rodeado de niños que toqueteaban y descolocaban sus herramientas. Bobby le había hecho repetir las mismas estúpidas frases una y otra vez. Había sido un largo día y no había podido trabajar en sus motos.

Prácticamente, había terminado. Los niños se habían ido casi todos a casa. Solo quedaba uno en el taller, el que había conocido en la boda de Josey.

¿Cómo se llamaba el chico? Billy no se acordaba.

—Todavía estás aquí.

—Sí, mi madre se queda hasta tarde para hablar con las niñas embarazadas.

Billy seguía sin recordar quién era el chico.

—¿Ah, sí?

—Sí —afirmó el chico, y bajó la vista—. Siento cómo te gritó esta mañana. A veces, se pone así.

Un momento, se dijo Billy. ¿Ese niño se refería a que Jenny era su madre?

No era posible. El chico era adolescente. Jenny no podía ser tan mayor.

A menos que… a menos que lo hubiera tenido muy joven. Una familiar sensación de culpa lo invadió, la misma que siempre intentaba bloquear bajo llave. Si ese chico era hijo de Jenny, ella debía de haberse quedado embarazada siendo adolescente.

El destino tenía un macabro sentido del humor algunas veces.

La siguiente pregunta sería si ella estaba casada. De ninguna manera Billy pensaba albergar esperanzas con una mujer casada. Los hombres Bolton eran fieles de por vida. Tuvieran los problemas que tuvieran, respetaban a la familia. Y eso significaba que respetaban también a las demás familias.

—¿Dónde está tu padre? —preguntó Billy de pronto. El tacto nunca había sido su fuerte.

El chico se encogió de hombros.

—No lo sé. Se fue antes de que yo naciera, creo. Mi madre dice que estamos mejor sin él.

A Billy se le ocurrieron dos cosas. Primero, que Jenny estaba disponible, así que no tenía nada de malo que siguiera dándole vueltas a lo sexy que había estado cuando lo había mirado con tan apasionada furia. En segundo lugar, pensó que un chico necesitaba tener un hombre en su vida. Sobre todo, si el chico estaba a punto de convertirse en hombre.

—Vosotros, en realidad, no me vais a ayudar a construir la moto, lo sabes, ¿verdad?

Vicky lo llamó desde unos metros de distancia.

—Despídete de la cámara con la mano, Billy.

Sintiéndose como un idiota, Billy saludó a la cámara que tenía encima de la cabeza. Iba a tener que trabajar muchas noches y fines de semana para construir la moto, horas que se comprimirían en segmentos de dos a cuatro minutos para la serie. El resto serían tomas preparadas con los chicos.

El equipo se fue al camión, probablemente, para visionar las tomas. A Bobby le gustaba revisar las cintas grabadas. Aunque a Billy no le agradaba reconocerlo, su hermano realmente se estaba volcando en hacer el mejor trabajo posible con la serie.

—Sí, lo sé —repuso el chico no muy animado. Luego, levantó la vista hacia él—. Aun así, puedo ayudar. Mi madre siempre se queda hasta tarde en la escuela, así que paso mucho tiempo aquí.

Billy trabajaba solo. Incluso en el taller, él se ocupaba de las partes esenciales y dejaba a sus empleados el trabajo de ensamblar las piezas nada más. Sin embargo, ese chico tenía algo que le hizo mantener la boca cerrada.

Billy no buscaba ser padre. Se había despedido de ese sueño hacía diecisiete años. Pero la figura de un tutor también era importante para un niño. Su profesor de la escuela taller del instituto, Carl Horton, le había salvado la vida en, al menos, tres ocasiones, y lo había sacado de la cárcel dos veces. Eso era mucho más de lo que su propio padre, Bruce Bolton, había hecho jamás por él.

Sí, no tenía por qué ser el padre de ese muchacho. Pero podía ser su maestro.

—¿Quieres ayudar?

El joven asintió con entusiasmo.

—Me vendría bien un asistente. Encuentra una escoba y barre esto. Está hecho un desastre, y un taller tiene que estar limpio.

Al principio, Billy pensó que el chico iba a mostrarse reticente ante una tarea así. Dejándole tiempo para pensar, se puso a recoger sus herramientas.

Menos de cuarenta segundos después, el chico estaba barriendo.

Billy sonrió para sus adentros.

–Si haces un buen trabajo y eres constante, tal vez, te deje montar en moto.

–¿De verdad? –preguntó el chico con una sonrisa que se desvaneció al instante–. Mi madre me lo tiene prohibido.

–Bueno, tu madre no tiene por qué saberlo.

–No conoces a mi madre –repuso el niño, mientras seguía barriendo–. Tengo un amigo que tiene una moto, pero ella no me deja ni acercarme. Dice que no quiere que me haga daño –añadió con un respingo burlón–. Aunque la moto de mi amigo no es tan chula como la tuya.

Billy se había pasado la mitad de infancia subido a una moto, a menudo, desobedeciendo a su madre. Sus padres habían estado muy enamorados, pero nunca se les había dado bien poner en común sus puntos de vista sobre educación y sobre qué actividades eran divertidas o peligrosas para los niños.

–Haremos un trato. Tú sacas buenas notas en el colegio y me ayudas en el taller y yo te dejaré subir en una moto –prometió Billy, y apuntó al sonriente muchacho con el dedo . Pero tienes que hacer lo que yo te diga y cuando yo lo diga, sin preguntas. No necesito que ningún niño pesado me ande molestando mientras trabajo. Te echaré de una patada en el trasero en cuanto la pifies. ¿Entendido?

El grito sofocado que oyó desde la puerta le indicó que alguien acababa de pifiarla en ese momento.

Él.

***

Jenny se despidió de la última de las chicas de su reunión de adolescentes, algunas de las cuales iban a ser madres, y buscó a Seth en la sala multiusos. Seth odiaba esas reuniones, y trataba de alejarse todo lo posible de las chicas embarazadas... la mayoría de las cuales eran de su edad. A ella le gustaría que su hijo tuviera, al menos, algo de compasión o comprensión hacia esas jóvenes. Al fin y al cabo, ella misma se había visto en su lugar cuando se había quedado embarazada.

Seth no estaba en la sala multiusos. La guitarra seguía en su funda. ¿Dónde estaba?

Oh, no. En el taller. Allí estaba Billy Bolton.

Ese hombre era imposible, pensó Jenny, corriendo por el pasillo. Sí, su moto seguía aparcada allí. La puerta del taller estaba abierta y escuchó voces dentro. El profundo y áspero sonido de la voz de Billy era inconfundible. Ella no creía que pudiera olvidar cómo le había vibrado todo el cuerpo al escucharlo. Incluso, en ese momento, hacía que se le erizara el vello. También oyó la voz más suave de su hijo.

Cielos. Seth estaba hablando con Billy y, por el tono que este empleaba, parecía que ese tipo estaba regañando a su hijo. Jenny corrió más deprisa y llegó justo a tiempo para escuchar sus últimas palabras.

–Te echaré de una patada en el trasero en cuanto la pifies. ¿Entendido?

–¿Qué le estás diciendo a mi hijo? –le espetó ella, irrumpiendo como un tornado en la habitación.

Seth se sobresaltó, pero Billy, que estaba sentado detrás de una mesa con una enorme herramienta en la mano, ni se inmutó. Al menos, en esa ocasión, no llevaba gafas de sol. Aunque, tal vez, fuera mejor de la otra manera, pues sus ojos castaño claro se le clavaron como misiles.

No había nadie más en la escuela. Jenny había llegado justo a tiempo. Billy se la quedó mirando con una expresión parecida al desprecio. Seth parecía hundido, a punto de ponerse a llorar. ¿Quién sabía lo que ese hombre le había estado diciendo a su hijo para que tuviera ese aspecto?

Iba a averiguarlo. Con decididas zancadas, se acercó al banco de trabajo y dio un golpe con la mano. Las herramientas temblaron sobre la mesa.

–Mamá –dijo Seth detrás de ella con tono suplicante.

Sin embargo, Jenny había llegado a su límite con ese hombre.

–Te he hecho una pregunta y no te atrevas a ignorarme. Sé que puedes hablar. ¿Qué crees que estás haciendo? ¿Cómo te atreves a hablar así a mi hijo? –le acusó ella y, cuando Billy no respondió, gritó por encima del hombro–: Seth, recoge tus cosas.

–Pero mamá…

Entonces, Billy se puso de pie, muy despacio, sin mostrarse en lo más mínimo intimidado por ella.

Jenny tragó saliva. Era increíble lo alto y lo fornido que era ese espécimen masculino. Si quería, podía tomarla en sus brazos y subírsela al hombro como un hombre de las cavernas.

–Cálmate.

¿Acaso iba a intentar tranquilizarla con palabras?, se preguntó ella.

–No pienso calmarme. Si por mí fuera, no volverías a poner un pie en esta reserva. ¿Qué te pasa? Te desnudas delante de los niños. Levantas mi coche sin mi permiso. Amenazas a Seth. ¿Es que estás loco?

Mientras ella hablaba, Billy salió de detrás de la mesa. Aunque se movía despacio, su objetivo era inconfundible. Jenny dio un paso atrás y, luego, otro, mientras él avanzaba.

–¿Qué estás haciendo?

Otro paso hacia ella. Cuando Billy se dio cuenta del efecto que le estaba causando a la profesora, arqueó una ceja, extrañado.

–Hablar contigo –respondió él–. ¿Sigues barriendo?

–¿Qué? –dijo ella.

Hasta que Seth no respondió que sí, Jenny no se percató de que no se lo preguntaba a ella.

Un paso más.

–¿Esto es hablar? Estás intentando asustarme, pero no te funcionará –admitió ella, acorralada en una esquina. Debería estar aterrorizada, pero eso no explicaba que tuviera el vello erizado de excitación. No podía dejar de admirar la forma en que sus músculos se movían al caminar, la forma en que la… ¿sonreía? ¿Cómo era posible?

Entonces, inesperadamente, Billy se detuvo a cuatro pasos de ella y miró hacia atrás por encima del hombro. Jenny estaba en una esquina pero, si era rápida, tal vez, podría escapar hacia la puerta. Aunque, si hacía eso, dejaría a Seth allí solo con ese hombre. Y no quería.

Era un claro ejemplo de estar entre la espada y la pared. Ese Billy era el mismo diablo.

Al ver que la sonreía, Jenny se quedó completamente sin palabras.

Cielos. En algún lugar, debajo de toda esa barba y de las miradas ceñudas, había un hombre muy atractivo con ojos sorprendentemente amables. Ella recordó el musculoso torso que había visto desde la ventana. Músculos cubiertos de tatuajes que, en vez de asustarla, le daban ganas de tocarlos con la punta del dedo y conocer la historia que se escondía detrás de cada uno.

Sin poder evitarlo, a Jenny le subió la temperatura. Sobre todo, en partes que había dejado desatendidas durante muchos años.

–¿Qué vas a hacer? –preguntó ella, avergonzada cuando la voz le salió ronca y baja.

Los ojos castaño claro de Billy se oscurecieron y, durante un instante, se clavaron en la boca de su interlocutora. El cuerpo de ella respondió por propia voluntad, pasándose la lengua por los labios.

Era como si estuvieran representando una danza mediante pequeños y complejos pasos. El ambiente estaba cargado. Jenny levantó la barbilla y él respondió tomando aliento. El cuerpo de ella lo imitó. Eran dos cuerpos moviéndose al mismo ritmo.

Había pasado mucho tiempo desde la última vez que Jenny había bailado. Hacía mucho, había perdido las ganas de bailar.

Sin embargo, en ese momento, deseó hacerlo con Billy Bolton. La persona más inapropiada de todas las que conocía.

Tenía que tomar el control de la situación antes de que algo terrible sucediera, se dijo Jenny. Antes de que Billy la acorralara contra la pared, presionara su musculoso cuerpo contra ella y la besara como un loco...

Sí. Eso sería terrible, desde luego. Quizá, la peor cosa que podía pasarle, caviló.

Entonces, ¿por qué lo ansiaba tanto?

—Nada que tú no quieras.

Después de hablar, Billy se detuvo. No siguió acercándose. Dejó de lanzarle miradas de deseo. El baile cesó.

Ella hizo un esfuerzo por aclararse la mente.

—No permitiré que amenaces a mi hijo —advirtió ella con voz todavía ronca—. Ni dejaré que te exhibas desnudo delante de mis niños.

—Josey me dijo que fuera a la parte trasera de la escuela para ponerme el micrófono. Yo no sabía que tu clase estaba allí —señaló él, inclinándose unos milímetros hacia ella.

Jenny comprendió que lo que decía era verdad. Había creído que se había exhibido delante de los niños a propósito, pero tras escucharlo entendió que él solo había querido hacer lo correcto. Tal vez.

—Estabas amenazando a Seth.

—Con echarlo del taller si no cumple su trabajo. ¿Me vas a echar de comer a los coyotes por eso? —replicó él, ladeando la cabeza.

—Moviste mi coche.

—¿Quieres que vuelva a ponerlo en su sitio? —se ofreció, y flexionó los brazos. Los músculos del pecho se le marcaron bajo la camiseta.

Jenny se quedó sin respiración. Quizá, había perdido la razón en los últimos minutos, pues lo que quería era que Billy moviera el coche, sí, pero sin la camiseta puesta.

–No.

–¿Cuántos años tienes?

–No puedes preguntarme eso –dijo ella, sonrojándose.

Billy hizo un gesto con la cabeza hacia donde estaba Seth.

–¿Qué edad tiene tu hijo?

Si seguía subiéndole la temperatura, iba a empezar a sudar, se dijo ella.

–¡Eso no es asunto tuyo! –exclamó Jenny y, sin pensarlo, añadió–: ¿Cuántos años tienes tú?

Él no titubeó.

–Treinta y cuatro.

Era cinco años mayor que ella.

–¿Señor Bolton? Ya he barrido el suelo.

El sonido de la voz de Seth sacó a Jenny de su estado de locura transitoria.

–¿Que has hecho qué?

–Ha barrido –contestó Billy por él, y miró a su alrededor en el taller–. Buen trabajo, chico.

–¿Ha barrido? –repitió Jenny, observando el suelo limpio–. ¿Seth ha limpiado algo porque lo has amenazado?

Billy le lanzó una mirada de desaprobación. Luego, dio unas vueltas por el taller, escrutando el suelo.

–No está nada mal –le dijo él a Seth.

Jenny se dio cuenta de cómo a su hijo se le iluminaba el rostro ante el cumplido.

¿Qué estaba pasando? Tenía que pelearse con su hijo

a diario para que hiciera las tareas de casa, ¿y el señor Bolton lograba que se sintiera feliz por haber barrido?

–Bueno, ¿lo he hecho lo bastante bien? ¿Puedo ayudarte por la mañana?

Jenny meneó la cabeza, intentando recordar cuándo había sido la última vez que había visto a Seth tan entusiasmado con algo.

–Depende de lo que diga tu madre.

Eso era lo último que ella esperaba oír de Billy.

–¿Qué? –dijo ella. Empezaba a mostrarse perdida.

Billy se dirigió hacia el otro extremo del taller.

–Firmaste una autorización para que apareciera en las grabaciones. Pero, si va a ayudarme aquí, tienes que saber que la cámara lo grabará todo el tiempo.

Jenny dio un paso hacia delante. No se había percatado antes de que había una pequeña cámara en la esquina con una luz roja encendida.

–¿Para qué es eso?

–Me graban todo el tiempo mientras estoy trabajando en la moto. Luego, escogen distintos fragmentos. Si el chico me ayuda, aparecerá mucho en las grabaciones –explicó Billy, acercándose a dos pasos de ella–. Tú decides –añadió, y se giró hacia Seth–. Tienes que arrimar el hombro. Si me entero de que no ayudas a tu madre en casa o de que no estudias, te echaré de aquí. No tolero a los vagos.

Seth posó los ojos en su madre y en Billy. Obviamente, estaba esperando que ella estallara como había hecho esa mañana.

A Jenny seguía sin gustarle el lenguaje que Billy utilizaba.

Aunque la verdad era que le gustaba todo lo que

había dicho. Parecía imposible, pero estaba a punto de autorizar que Seth pasara más tiempo con Billy Bolton. No podía hacer otra cosa. Seth ya no era un niño pequeño, y estaría más seguro allí que corriendo aventuras con Tige o sus amigos camorristas.

Billy se volvió hacia ella, arqueando una ceja, en espera de respuesta.

—¿Puedo, mamá? Por favor.

—Ya veremos.

—¿Eso es un sí? —preguntó Seth, saltando de alegría—. Es un sí, ¿verdad? ¡Sí!

—Eh —rugió Billy—. Tranquilo. Tu madre te ha dicho que recojas tus cosas, así que ponte en marcha.

Seth salió disparado. Ella se giró hacia Billy, para dictarle las condiciones, pero él se adelantó.

—No puedo prometer que no diré palabrotas. Es algo que tengo demasiado arraigado. Aunque apuesto lo que quieras a que al niño no le asustan. Además, está mucho más seguro conmigo que con esos vándalos a los que llama amigos.

¿Le había hablado Seth de Tige? ¿O estaba Billy solo adivinando?

Él se acercó un poco más, hasta que apenas unos centímetros los separaban. Jenny pensó que iba a besarla y se quedó paralizada. Al mismo tiempo, temió y deseó que así fuera.

Pero Billy no la besó. Solo la olió de nuevo con una honda inspiración, como había hecho esa mañana.

—Sí, té —susurró él con voz ronca y sensual—. Deberías saber algo de mí, Jenny. Cumplo siempre las promesas que hago.

Jenny dejó de respirar. El mundo se detuvo mientras él la miraba a los ojos.

–Mamá, ya tengo mis cosas –dijo Seth, asomando la cabeza por la puerta.

Al instante, Billy se apartó de ella, dejando una distancia respetable.

–Haré los deberes en cuanto llegue a casa, ¿vale? Y usted estará aquí mañana por la mañana, ¿verdad, señor Bolton? ¿Podré ayudarle? –preguntó el muchacho lleno de excitación.

¿Seth ansioso por hacer los deberes? ¿Un hombre coqueteando con ella? Jenny miró a su alrededor, preguntándose si había sido transportada a otra dimensión.

Billy dio un respingo.

–El señor Bolton es mi padre. Yo me llamo Billy.

–¡Sí, señor Billy!

Cuando el niño salió corriendo hacia el coche, Billy se giró hacia ella. Jenny intentó pensar en algo que decir. Pero el cerebro apenas le respondía.

–¿Ya hemos terminado aquí? –preguntó ella al fin.

Él esbozó una sonrisa capaz de derretir los polos.

–No. No hemos terminado.

Capítulo Cuatro

Seth estaba levantado y vestido antes de que la alarma de Jenny hubiera dejado de sonar. El chico le metió prisa para que se terminara los cereales de desayuno. Llegaron al colegio veinte minutos antes de lo habitual.

Billy ya estaba allí. La puerta entreabierta del taller dejaba salir la luz en aquella fría mañana de octubre.

–Adiós –se despidió Seth, y salió del coche como una bala.

Jenny se contuvo para no seguirlo. Ya no era un bebé, se recordó a sí misma. Además, no tenía deseos de ver a Billy Bolton a primera hora de la mañana.

Por desgracia, su mente le jugó una mala pasada al añadir sábanas y una cama a ese pensamiento. De pronto, tuvo grandes deseos de ver a Billy a primera hora de la mañana.

Solo porque ese hombre tratara bien a su hijo y le prestara atención a ella no tenía por qué embobarse con él. No importaba que tuviera una sonrisa encantadora, ni más músculos que un superhéroe. Seguía siendo un rudo motero que hablaba como un carretero. No quería ni pensar qué hacía en su tiempo libre, pero estaba segura de que sería algo que ella no aprobaría.

Por eso, Jenny entró en el colegio y se puso a repasar las lecciones para el día. Cuando terminó, todavía le quedaba media hora para el comienzo de las clases.

Parada delante de la tetera eléctrica, se preguntó si debía ir a echar un vistazo al taller. No quería ser pesada…

Al diablo. Solo porque Billy le hubiera dicho que mantenía sus promesas no significaba que fuera cierto. Su decisión de ir al taller no tenía nada que ver tampoco con cómo le quedaba la camiseta. Ni con su torso musculoso.

Así que preparó dos tazas de té y se acercó hasta allí. Por alguna razón, tenía el estómago encogido por los nervios.

Nada más asomar la cabeza, la cegó la desarmadora sonrisa de Billy.

Quizá estaba soñando, pero parecía que esa sonrisa iba dedicada a ella.

No era posible. Los hombres nunca la miraban con interés, ni con deseo. Se fijaban en su ropa gastada, en su coche viejo y en su adolescente insolente y se alejaban de ella. Eso, si se fijaban.

–¿Eso es para mí? –preguntó Billy, mirando las tazas que ella llevaba.

–Sí.

Jenny le tendió una. La mano de él era tan grande que no pudo evitar tocarla.

Por eso, se quedó allí parada, tratando de no sentir nada cuando sus dedos la rozaron. Aunque fue un contacto mucho más suave de lo que había esperado, la hizo estremecer de todos modos. De inmediato, sus fantasías se dispararon. Trató de controlarlas, recordándose que Billy Bolton no era la clase de hombre por el que debía sentirse atraída.

Se quedaron un momento quietos, mirándose el uno al otro. ¿Había sentido él lo mismo que ella al tocarse? Por supuesto que no, se dijo. Estaba comportándose como una tonta jovencita, derritiéndose solo por una sonrisa y un roce. Había ido al taller por una razón, para asegurarse de que Seth estuviera bien. Nada más.

–¿Cómo vais?

Billy le sostuvo la mirada en silencio un momento.

–Le he pedido que clasifique los tornillos. Se mezclaron todos al traerlos aquí –afirmó él, y señaló con la barbilla hacia donde estaba Seth, examinando una caja de tornillos y tuercas con intensa concentración.

–No sé con qué tamaño va este.

Jenny percibió la frustración en la voz de su hijo.

–A ver, enséñamelo…

Billy la sujetó de los hombros para impedir que fuera a ayudar al muchacho.

–Búscalo, chico. No es muy difícil. Si no puedes descubrir cuánto mide un tornillo, no puedes hacer una moto.

Jenny se quedó paralizada, esperando que su hijo se rindiera. Pero no sucedió. El muchacho frunció el ceño, se rascó la cabeza y se le ocurrió una idea. Agarró una llave inglesa y comenzó a medir.

–Buen trabajo –comentó Billy, dándole un suave apretón a Jenny en el hombro.

Su contacto hizo que la recorriera una corriente eléctrica de la cabeza a los pies. A pesar de lo fornido y duro que era ese hombre, lo que le produjo fue una sensación entre tierna y erótica.

Enseguida, él la soltó, aunque después de recorrerle el brazo con los dedos. Eso sí que fue erótico. Si Jenny no hubiera estado decidida a no dejarse embaucar, le habrían cedido las rodillas en ese mismo momento.

–Gracias por el té –dijo él en voz baja, y pasó de largo.

Jenny se quedó parada, sin saber qué hacer a continuación. Billy estaba coqueteando con ella, esto estaba claro. Bueno, más o menos claro. Llevaba tanto tiempo sin ligar que había perdido práctica en ese terreno. Ni siquiera sabría cómo coquetear con él. Igual, ese era el problema.

Billy volvió a sentarse ante su banco de trabajo con los ojos fijos en ella.

–¿Nos vemos luego?

¿La estaba echando? Eso no encajaba con todos los mensajes sutiles que le había estado enviando. Tal vez, se había equivocado al creer que le gustaba.

–¿Qué?

Billy le lanzó una de sus miradas intimidatorias y, durante un segundo, Jenny comprendió que la estaba echando. Entonces, él se giró y señaló con la cabeza a la pequeña cámara con la luz roja que tenía detrás. Luego, volvió a posar los ojos en ella.

–Yo… me pasaré por aquí después de mi reunión, ¿de acuerdo?

–Sí, de acuerdo, mamá –respondió Seth, muy ocupado con su trabajo–. Adiós.

Billy se limitó a dedicarle otra de sus sonrisas. Sin

palabras, le confirmó lo que ella ansiaba. Quería verla luego.

La profesora se fue a su clase flotando como en una nube.

Por algún extraño sexto sentido, Billy supo que Jenny había entrado en el taller. No la había visto ni la había oído. El ruido era demasiado alto. Llevaba puesta una máscara de soldar y sujetaba un tubo que Seth estaba cortando con una sierra. Don Dos Águilas estaba parado ante ellos. Él estaba vigilando las manos de Seth. Don lo estaba vigilando a él.

Seth terminó de cortar el tubo sin cercenarse ningún dedo. Incluso recordó apagar la sierra antes de ponerse con otra cosa. Luego, se quitó la máscara protectora que Billy le había obligado a ponerse.

–¡Ha sido genial!

Billy también se quitó su máscara. ¿Cómo era posible que esa mujer estuviera sentada en su banqueta, ante su mesa de trabajar, con dos tazas de té y una sonrisa?

Y lo más raro era que se alegraba de verla allí.

–¿Qué tal va todo? –preguntó ella, mirando a los tres hombres.

–¡Billy me ha dejado cortar un tubo! –exclamó el chico, mostrándole a su madre el fragmento.

Ella observó el pedazo de metal con ásperos cortes oblicuos con desconfianza.

–Qué… bien, cariño.

–Mamá –protestó Seth, mientras Billy se tragaba la risa.

–Es parte de la estructura –explicó Billy, preguntándose si el té era para Seth, para Don o para él.

Ella abrió mucho los ojos, sorprendida.

–¿Qué? –inquirió Billy.

–¿De verdad vais a construir la moto desde cero?

–Mujeres –rezongó Don, se quitó el mandil de trabajar y se miró el reloj–. Tengo que irme a casa. ¿Estaréis bien, chicos? –le preguntó a Jenny, aunque sin dejar de mirar de reojo a Billy.

Billy estuvo a punto de darle una réplica cortante a Don. ¿Cómo se atrevía a sugerir que Jenny y su hijo podían no estar bien con él? Hasta el momento, se había portado como un caballero. Bueno, era cierto que había levantado el coche de ella y lo había movido. Ah, sí, y se había quitado la camiseta. Pero, aparte de eso, había sido un modelo de virtud.

–No soy como mi padre –murmuró él.

–No importa si la manzana cae del árbol. La cuestión es si cae lo bastante lejos –repuso Don.

Los dos hombres se miraron en silencio.

–Don, estaremos bien –aseguró Jenny con calma.

–Os veo mañana a todos –se despidió Don, lanzándole una mirada asesina a Billy.

Billy se volvió hacia Jenny y Seth. El chico sostenía en la mano el pedazo de tubo que había cortado, intentando descubrir dónde iba. Jenny seguía sentada en la banqueta, oculta tras su taza de té. Parecía como si estuviera esperando algo. ¿Pero qué?

Esa era la razón por la que a Billy no le gustaba que hubiera mujeres en el taller. Con ellas, nunca se sabía qué esperar, y eso lo incomodaba.

–No le caes bien.

Seth dio un respingo mientras contemplaba el tubo.

–Sí, pero a Don no le cae bien ningún *wasicu*.

Jenny abrió mucho los ojos y dejó la taza de golpe sobre la mesa, derramando parte del té.

–¡Seth!

–¿Ningún qué?

El chico se puso colorado.

–Hombre… blanco –contestó Jenny, sin mirarlo a los ojos.

Sí, claro. Billy había oído suficientes insultos en su vida como para reconocer uno cuando se le presentaba. Lanzó una mirada intimidatoria a Seth.

–Sí, bueno, yo no me parezco a nadie que él haya conocido antes. Ahora ponte las gafas. Tenemos más tubo que cortar.

Billy nunca había visto a un niño moverse tan rápido como Seth. Le tendió a Jenny unos cascos para protegerse los oídos del ruido.

–No mires a la sierra sin gafas –le advirtió él.

–No había mucho ruido cuanto entré. ¿De verdad tengo que ponerme esto? –preguntó ella, mirando los cascos.

Si Billy hubiera dejado a su hijo trabajar sin las medidas de seguridad adecuadas, Jenny habría montado una escena. Pero, cuando se trataba de protegerse a sí misma, no parecía demasiado preocupada por su propio bienestar.

Se inclinó hacia delante, le apartó un mechón de pelo de la frente y le colocó los cascos.

El rostro de Jenny se sonrojó desde las mejillas hasta la nuca. Entonces, Billy sacó un par de gafas, estiró la banda elástica para que no le tirara del pelo y se las colocó también. Para hacerlo, fue necesario que se inclinara sobre ella. Su aroma a colonia infantil, a tiza y a té lo invadió.

Él inhaló a solo milímetros de su cabeza. Esa era la razón por la que no quería mujeres en su taller. Causaban demasiadas distracciones. Y las distracciones provocaban accidentes.

Haciendo un esfuerzo, Billy se apartó y se dio cuenta de que Jenny se había mordido el labio inferior con tanta presión que se lo había dejado blanco. Su atracción por ella se había convertido en fiero deseo. Ansiaba estar con la bonita maestra con una fuerza que rozaba la locura. Quería besar esos labios y devolverles el color, descubrir lo fuerte que ella podía morder.

Entonces, cuando ella levantó los ojos hacia él, Billy vio su propio deseo allí reflejado. No estaba asustada de él, ni enfadada. Lo deseaba también.

Eso o las gafas protectoras le distorsionaban la mirada. En ese momento, Billy recordó cómo se había sentido cuando se la habían presentado en la boda de Josey y Ben. Se había quedado sin habla, sin saber qué hacer a continuación.

La incertidumbre le hacía sentir incómodo, sobre todo, en lo que refería a la tentación carnal. Por eso, se obligó a apartar la mirada y concentrarse en lo único que le hacía sentir seguro.

Su trabajo.

Capítulo Cinco

Jenny no había dormido mucho. Todavía le ardían las orejas donde Billy se las había tocado. No podía dejar de recordar lo suave que había sido su contacto y lo mucho que la había afectado. Nunca había esperado que un hombre tan rudo como él pudiera ser tan tierno. Eso, unido a las tórridas miradas que le había dedicado...

–Billy me ha dicho que va a dejar que le ayude a soldar –repitió Seth por cuarta vez esa mañana.

Bostezando, Jenny tomó la última curva al colegio. Vagamente decepcionada, se percató de que la moto de Billy no estaba en el aparcamiento.

–¡Ahí está su camión! –exclamó Seth.

El camión en cuestión estaba aparcado junto a su plaza de aparcamiento. Era enorme y negro.

–Buenos días –saludó Billy, tras salir de la cabina del camión. Se acercó al coche para abrirle la puerta a Jenny.

Aquel acto de caballerosidad la dejó perpleja. Anonadada, salió del coche.

–Eh, ¿dónde está tu moto? –preguntó Seth, saliendo también.

–Tenía que traer más tubo y materiales –contestó Billy, y cerró la puerta de Jenny. Luego, abrió la puerta del copiloto de su camión–. He traído té.

–¿De verdad? –replicó ella, sin pensar–. Quiero decir, gracias.

–De nada –repuso él, entregándole una taza con el logo de una carísima cafetería del pueblo.

En esa ocasión, fue Jenny quien tuvo que rozarlo sin remedio con los dedos para tomar la taza. Por un momento, se permitió disfrutar del calor de su mano. Tenía los dedos largos y gruesos, perfectamente proporcionados.

Jenny tenía que decir algo, lo que fuera, para romper aquel molesto tren de pensamiento.

–¿Cuánto te debo?

Billy arqueó una ceja y le lanzó la misma mirada que le había dedicado cuando lo había sorprendido quitándose la camiseta delante de su clase.

–No me debes nada, Jenny.

–¿Para qué hace falta el tubo? –quiso saber Seth–. Creí que ya habíamos cortado ayer todo lo que necesitábamos para hacer la estructura. ¿No vamos a soldar hoy?

Jenny apartó la mano por fin y se abrió hueco para pasar por el pequeño espacio que quedaba entre los dos vehículos.

Por una parte, ella se alegraba de la interrupción de Seth. Gracias a su hijo, había dejado de hacer algo tan estúpido como tocar a Billy Bolton.

Por otra parte, sin embargo, tuvo deseos de estrangular a Seth. Sus interacciones con Billy siempre eran interrumpidas por un adolescente o por una moto. Sí, ella había perdido práctica en el arte del coqueteo, pero cualquiera sabría apreciar lo estimulante de la situación.

–Igual nos podemos a soldar después de la jornada escolar, si a tu madre le parece bien –indicó Billy, y le lanzó una mirada a la aludida, esperando su aprobación.

–Siempre que use todo el equipo de seguridad adecuado –dijo ella, tras darle un trago a su taza. Era té negro con un poco de azúcar. Era perfecto, pensó con un suspiro de satisfacción.

–Pero los demás chicos también querrán probar a cortar tubo. Bobby dice que quedará bien ante las cámaras. Por eso he traído más material –explicó Billy, y señaló a Seth–. Hay que llevarlo todo al taller. Así que empieza.

–¿Yo? ¿Por qué?

–Es el trabajo que hace el ayudante, muchacho. Y tú eres el ayudante.

Jenny intentó no reírse. Murmurando que no era justo, Seth cargó unos cuantos tubos y se dirigió con ellos al taller. Se le cayó uno, luego, otro y, cuando iba a intentar sujetar el resto, se le cayeron todos a la vez. Al tratar de pararlos con el pie, se golpeó el dedo gordo.

–Deja que yo me ocupe –le susurró Billy al oído a Jenny, al mismo tiempo que la sujetaba por los hombros y la apartaba con suavidad.

Sin poder evitarlo, ella soltó un grito sofocado. Más que por preocupación, por Seth, sin embargo, su reacción se debió al repentino contacto de Billy.

Poniéndose tensa, quiso zafarse de sus manos, pero no se atrevió a moverse. ¿Pensaba él acorralarla contra el lateral del camión, sin dejarle ninguna salida? ¿Le robaría un beso? ¿Se lo permitiría ella?

Las buenas chicas no dejaban que los chicos malos las besaran. Y Jenny se había pasado los últimos catorce años siendo una buena chica. Gracias a su dedicación y a su trabajo en la escuela, había logrado convertirse en una mujer respetable.

Entonces, ¿por qué tenía tantas ganas de besarlo?

Por desgracia, Billy no hizo nada de eso. Se limitó a recorrerle la espalda con la mano, deteniéndose justo en la curva que conducía a su trasero.

Cielos. Tenía que decir algo, pensó ella, lo que fuera.

–Yo…

Cuando Jenny levantó la vista, sus ojos se encontraron.

El rostro de Billy estaba a pocos milímetros del suyo, y su mirada derritió al instante cualquier posibilidad de mantener una conversación superficial.

Él sonrió. Fue una sonrisa llena de picardía, como la del niño que descubre dónde está escondida la caja de las galletas y va a meter la mano dentro.

–Esta es la parte donde me amenazas con hacerme picadillo y darme de comer a los coyotes –señaló él con voz ronca y sensual, mientras le apartaba a su interlocutora un mechón de pelo de la cara.

Ah. Sí. Eso era lo que tenía que decir. Sin embargo, Jenny se había quedado sin habla.

De pronto, el sonido de golpes metálicos y una maldición de los labios de Seth sacaron a la profesora de su estupor. Su hijo todavía estaba por allí. No sería buena idea dejar que viera cómo su madre le hacía ojitos al motero.

Con decisión, Jenny se apartó.

—¿Cómo vas? —preguntó Billy al chico, alzando la voz.

—Esto es una estupidez —repuso Seth con su actitud habitual.

—No tienes por qué cargar los tubos —replicó Billy con tranquilidad—. Tampoco tienes por qué soldar. Tú decides, chico.

Seth se presentó de nuevo delante del camión, le lanzó a Billy una mirada de odio igual que las que solía dedicarle a su madre y agarró otros dos tubos.

—Yo transportaba metal cuando tenía tu edad —indicó Billy a voces cuando el chico se alejaba—. Fortalece el carácter.

—Ya, claro.

En esa ocasión, Jenny sí se rio. Podía haberse sentido irritada porque su hijo se mostrara insolente con Billy. Pero, honestamente, era un alivio comprobar que Seth no actuaba así solo con ella. También era un alivio saber que Billy no era capaz de tener encantado al chico todo el tiempo.

Aunque sí parecía tenerla encantada a ella.

—¿Qué? —preguntó Billy, tras darle un trago a su té.

—Esto se te da mejor de lo que pensaba.

Jenny no especificó a qué se refería exactamente con su comentario. La verdad era que Billy hacía muchas cosas mejor de lo que ella había esperado. Por ejemplo, era bueno comunicándose con los chicos. Sabía ponerle límites a Seth. Y se estaba ganando la confianza de Don.

Y sabía cómo hacer que Jenny se sintiera especial.

Después de una larga pausa, Billy se encogió de hombros.

–El taller es bueno para los chicos. Puede que te cueste creerlo, pero yo no era un estudiante modelo cuando tenía su edad.

–¡No me digas! –exclamó ella, fingiendo sorpresa con tono burlón–. La verdad es que yo tampoco lo era.

Jenny había perdido la virginidad a la edad de Seth. Se había quedado embarazada a los quince años.

Cuando el silencio se alargó, ella se dio cuenta de que Billy la estaba observando. Recordó que le había preguntado cuántos años tenía y cuántos años tenía Seth. Seguramente, estaría sumando dos y dos.

–Eso fue hace mucho tiempo –se apresuró a añadir Jenny, sintiéndose de pronto avergonzada. Entonces, se percató de que su afirmación la hacía parecer vieja.

Quizá lo mejor fuera que se callara y se bebiera el té.

–Interesante –murmuró él.

Seth irrumpió de nuevo en escena, agarró más tubos y se marchó con ellos. Cuando se hubo alejado, Billy volvió a colocarle un mechón detrás de la oreja.

Jenny fue incapaz de apartarse. Sintió cómo le rozaba la oreja con la punta de los dedos y cómo le recorría la mandíbula con suavidad.

–¿Qué es interesante?

–Tú. Si miro mal a tu hijo, eres capaz de sacarme el hígado y echárselo a los buitres. Pero, cuando te miro a ti… –comenzó a decir él, acercándose todavía un poco más, haciéndole sentir la calidez de su aliento–. Cuando te miro, cuando te pregunto por tu vida, cuando te toco, te escondes dentro de tu caparazón como si fueras un cangrejo.

–No soy un cangrejo –logró responder ella.

–Pero me amenazaste con echarme a los coyotes –le recordó él con voz sensual.

Jenny contuvo el aliento. Sus bocas estaban demasiado cerca. Iba a besarla, se dijo. Y Seth iba a presentarse en cualquier momento. De ninguna manera podía ella dejar que su hijo los viera de ese modo. Era una buena madre. No podía perder la cabeza por ningún hombre. Por eso, dijo lo primero que se le pasó por la cabeza.

–Igual te tengo miedo.

Al instante, Billy la soltó y dio un paso atrás. Se cruzó de brazos y sus ojos se volvieron distantes, casi crueles.

Seth volvió a interrumpir.

–Los tres últimos. ¿Ahora qué?

Billy la miró en silencio un momento antes de ponerse en marcha. Agarró uno de los tubos que llevaba Seth y se dirigió al taller.

–Tenemos trabajo.

Ella se quedó mirándolos, perpleja.

¿Qué diablos había sucedido?

Billy se había equivocado. Eso era.

Había malinterpretado a Jenny. Ella no había abierto mucho los ojos, ni se había mordido el labio, ni se había sonrojado a causa del deseo. Había sido por miedo. Él había querido creer que lo deseaba cuando, en realidad, la aterrorizaba.

Había creído que ella era diferente. Diablos, había creído incluso que él mismo había cambiado, que había dejado de cometer los errores que cometía siempre al juzgar a una mujer. Había creído que, en esa ocasión, había acertado.

Pero había metido la pata. Otra vez.

No era la primera vez que Billy malinterpretaba a una mujer. Cuando había sido joven y estúpido, había creído que Ashley lo había amado. Él la había amado, al menos, y había estado encantado de casarse con ella, a pesar de que solo tenían diecisiete años. Había estado más que dispuesto a hacerlo, aunque había sentido que su vida terminaría si se casaba y tenía un bebé antes de alcanzar la edad mínima para votar o para tomar alcohol. Entonces, Ashley había abortado, sin consultarlo con él.

—Me libré del bebé porque no quería estar contigo —le había espetado Ashley cuando él le había pedido cuentas, furioso por lo que había hecho.

Nunca más había vuelto a verla.

Sí, no se le daba bien juzgar a las mujeres. Quizá, esa era la razón por la que seguía solo con treinta y cuatro años. Solo con sus motos.

De mal humor, Billy se sumergió en la tediosa tarea de cortar tubos que no servirían para nada durante todo el día. Discutió con Don sobre si los chicos podían llevarse fragmentos a casa como recuerdo. Regañó a Seth cuando el joven intentó ajustar la sierra como él le había enseñado a hacerlo el día anterior. Y, cuando Bobby le animó a maldecir delante de los niños para grabarlo con la cámara, él le dio un puñetazo a su hermano en la barriga.

Nada de eso le hizo sentir mejor. Se sintió, incluso, peor. Quería irse a un bar y beber hasta borrar la razón. Eso había sido lo que había hecho de joven. Había sido su recurso para olvidar a Ashley y al bebé que nunca nacería.

Por aquellos tiempos, los policías del barrio se habían aprendido su nombre de memoria.

Pero eso había sido hacía mucho tiempo. En el presente, estaba demasiado ocupado como para pasarse los días borracho y metido en peleas. Tenía una empresa que le daba un objetivo y más dinero del que podía gastar. Para colmo, su vida estaba en el punto de mira de unas estúpidas cámaras.

Sí, estaba de muy mal humor.

Cuando sonó la campana en el edificio principal, los chicos salieron corriendo. Billy se quedó sentado en el taller, frunciendo el ceño. Si Seth supiera lo que le convenía, se quitaría de su camino ese día.

Pero los niños nunca sabían lo que era bueno para ellos.

—¿Billy? ¿Señor Bolton? —llamó Seth, asomando la cabeza por la puerta—. ¿Vamos a soldar hoy?

—No. Vete a casa.

¿Cómo podía haberse equivocado tanto? Claro, la asustaba. Era una mujer dulce y delicada, sensible y bonita. Y él era un motero rudo y lleno de tatuajes. Nada podía cambiar eso.

—Puedo barrer…

—Vete a casa.

¿Qué diablos le pasaba?, se dijo Billy. Él no iba detrás de mujeres como Jenny Wawasuck… mujeres que se preocupaban por los niños, que daban prioridad a los demás sobre sí mismas. Por lo general, a él le gustaban las mujeres a las que no les sorprendía que fuera un salvaje.

—Mira, si es por lo de esta mañana, lo siento. No volverá a pasar.

Billy salió de sus pensamientos y miró al muchacho, que entraba en el taller.

—¿Qué?

—No quería hacerte enfadar —explicó Seth, visiblemente nervioso—. No me importa llevar tubos. No me quejaré la próxima vez.

Si aquello se tratara solo de un malentendido entre Jenny y él, ya era bastante malo. Pero la carga adicional del muchacho lo empeoraba todo.

Justo cuando Billy estaba a punto de echarlo, se sintió tremendamente culpable. ¿Le habría echado a él Cal Horton solo porque hubiera tenido un mal día? No. Cal siempre había estado ahí cuando él lo había necesitado. Si no hubiera sido por Cal, se estaría pudriendo el la cárcel. O habría muerto en alguna reyerta.

Seth no tenía la culpa de que Billy no supiera entender a las mujeres.

—No quiero nada de palabrería.

—Entendido —dijo Seth, iluminándosele el rostro.

Billy lo contempló un momento. Cuando él iba al instituto, la escuela taller había sido su salvación. El taller y Cal. Y le había prometido a Cal que devolvería a otros los que su maestro había hecho por él.

—Ponte el equipo, chico. Vamos a soldar.

Capítulo Seis

Solo quería ver a su hijo, se dijo Jenny. Nada de hablar con Billy Bolton, ni de tocarlo. Ni siquiera iba a mirarlo.

La única persona que le importaba era Seth. Así había sido durante los últimos catorce años. No tenía tiempo para perder la cabeza por un hombre peligroso. No tenía tiempo para preguntarse por qué estaba actuando así. Su prioridad número uno era guiar a Seth en la adolescencia. Eso era lo que hacían las buenas madres.

Ir al taller después de su reunión no tenía nada que ver con la forma en que a Billy se iluminaba el rostro al sonreír, ni con la manera en que a ella le subía la temperatura cada vez que la tocaba. Cielos, por supuesto, no tenía nada que ver con cómo se fijaba en ella, tanto como para saber incluso que solo bebía té.

No, no tenía nada que ver con eso. Ella solo estaba pensando en Seth.

La puerta del taller estaba cerrada con llave.

Jenny probó otra vez. Estaba cerrada. Entonces, se percató del cartel que había en la pared. Soldando. No entrar. Estaba escrito a mano y pegado con un poco de celo.

—¿Seth? ¿Billy? ¡Abrid!

La puerta se abrió. Seth tenía un casco de soldador en la cabeza, con el visor levantado.

–¿Qué?

A Jenny le intimidó un poco su aspecto. Con una chaqueta gruesa y un delantal hasta los pies, su hijo parecía vestido para ir a la guerra. Parecía… un adulto.

–¿Qué estáis haciendo aquí?

Seth le dedicó esa clase de mirada adolescente que delataba que pensaba que era una idiota.

–Soldando, mamá. ¿No has visto el cartel? –dijo el chico, y sonrió–. ¡Es genial!

De acuerdo. A pesar de que, por alguna razón que no comprendía, había hecho enfadar a Billy esa mañana, él seguía manteniendo la promesa que le había hecho a Seth, pensó Jenny.

–Quiero hablar con Billy.

–Estamos ocupados –repuso Seth, y empezó a cerrarle la puerta en las narices.

–Déjame pasar, Seth –advirtió su madre con mirada seria.

–No puedo. No tenemos equipo para ti y Billy dice que todo el mundo tiene que llevar puesta la protección necesaria cuando se está soldando.

–¿Dónde está Don?

–Se fue después de clase. Mamá, estamos ocupados –repitió el niño, y volvió a intentar cerrar.

–Dile al señor Bolton que quiero hablar con él. Ahora.

Tras un instante de titubeo, Seth cedió.

–Bien. Espera aquí. No puedes entrar sin protección.

Por la rendija de la puerta que su hijo había dejado abierta, Jenny asomó la cabeza. Billy estaba vestido igual que Seth, aunque a él le quedaba mejor. En cuanto la vio, apretó el gatillo del soldador.

Aunque ella no podía verle los ojos debajo de la máscara, sintió que la estaba mirando. Si pretendía intimidarla, lo estaba consiguiendo. Cuando quería, ese hombre podía ser muy amenazador. No se parecía en nada a la persona tierna que le había llevado té y le había susurrado al oído por la mañana.

Jenny tragó saliva. Era obvio que, por alguna razón, se había enfadado con ella. Y quería evitar que volviera a pasar en el futuro.

Aunque no entendía qué había hecho. Solo había dicho que, tal vez, le tenía miedo. ¿Por qué iba a disgustarle eso? Había dicho que tal vez. En realidad, no le tenía miedo… solo había necesitado desesperadamente decir algo para no besarlo delante de Seth.

Seth se acercó a Billy y habló con él. Billy paró el soldador un momento y volvió a encenderlo. Al parecer, no había peligro de que fuera a besarla en ese instante, se dijo Jenny.

El muchacho volvió con aspecto de estar irritado con ella.

—Está ocupado.

De acuerdo. Estaba enfadado con ella. Pero ella tenía derecho a saber cómo estaba su hijo.

—Dile que quiero hablar con él cuando deje de estar ocupado. Estaré en mi clase —repuso Jenny, se dio media vuelta y se fue, sin esperar a que Billy le lanzara otra mirada amenazadora.

Dándole vueltas, se preguntó si Billy sabría que no había dicho en serio lo de que le daba miedo.

Billy abrió las puertas de un colegio y entró.

No podía creer que estuviera haciendo aquello. Ir a su clase era meterse en su terreno.

Era fácil adivinar qué clase era la suya. Solo una puerta estaba abierta y la luz, encendida. El resto de la gente se había ido hacía horas. Ella era la primera en llegar y la última en irse. Dedicaba todo su tiempo a ser maestra.

Igual que él construía motos que costaban un riñón.

Sabía que Jenny lo oiría llegar. Las pisadas de sus botas de punta de acero resonaban en los pasillos silenciosos. No había marcha atrás, aunque sabía que lo que le esperaba no iba a ser agradable.

Tomando aliento, entró en la clase. Lo primero que vio fueron sus piernas. La profesora estaba de pie en una silla, intentando clavar algo encima de la pizarra. Al fijarse en sus bien torneadas pantorrillas, a Billy le subió la temperatura. Eran unas piernas muy bonitas, se dijo.

—Bien, ya estás aquí —comentó ella, sin girarse—. ¿Puedes sujetarme esto? —pidió, señalando hacia el póster de un mapa—. Por favor —añadió tras un momento.

Billy se quedó un momento parado. Por una parte, no estaba seguro de qué iba todo aquello. Por otra, no podía dejar de admirar el trasero de Jenny, apretado y resaltado por la falda.

–No tardaremos mucho, Billy –dijo ella con tono de broma.

Él no percibió miedo en su voz. Provocación, tal vez. Y lo mismo que había percibido en ella en los últimos días: atracción, deseo.

De pronto, Billy se sintió ridículo allí parado con el póster en la mano, a su lado. Ella colocó los bordes superiores y le tendió la grapadora.

–Si no te importa, puedes grapar la parte de abajo, ya que estás ahí –señaló ella, mirándolo a los ojos.

Billy no tenía ni idea de qué hacer. Si hubiera sido su hermano Ben, habría encontrado algo lógico que decir para escapar de esa situación. Si hubiera sido su hermano Bobby, habría intentado algo con ella.

Pero Billy no era como sus hermanos. Así que puso las grapas y se obligó a mirar a cualquier sitio menos a ella.

Cuando Jenny le puso las manos sobre los hombros, él se sobresaltó. Con algo de fuerza, ella le obligó a mirarla.

–Sabes que tú no.

–¿Yo no qué? –preguntó él, tragando saliva.

–No me das miedo –dijo ella, y se pasó la lengua por el labio inferior.

–Sí te doy miedo. Lo dijiste antes.

Ella le recorrió el cuello con las manos con suavidad.

–Dije que igual me dabas miedo. Eso significa que, igual, no.

Jenny se estaba acercando cada vez más. Paralizado, Billy pensó que iba a besarlo. Y él iba a dejar que lo hiciera.

–Entonces, ¿por qué lo dijiste? –inquirió él. La voz le salió baja y sensual, aunque no lo hizo a propósito.

–Porque no quería hacer esto delante de Seth.

Jenny lo besó. Sus labios se estrellaron con fuerza. Billy dejó escapar un gemido. Cielos, esa mujer olía tan bien… y sabía todavía mejor.

Ella lo besó con los ojos cerrados. Billy lo sabía porque estaba tan anonadado que no podía dejar de mirarla. Tenía las mejillas sonrosadas y un aspecto cándido y hermoso.

Las mujeres cándidas no lo besaban.

Eso significaba, entonces, que aquello era un error o el juego más peligroso que Billy había jugado.

¿Acaso quería Jenny demostrarle que no le tenía miedo? Hacía muchos años, él había disfrutado de la atención femenina. Le había encantado que las mujeres se tiraran a sus pies, aunque eso le hubiera conducido a multitud de peleas con novios ofendidos. Cada vez que había empezado a ligar con alguna mujer un sábado por la noche, había recordado la cara de Ashley. Había sido como una manera de decirle a su exnovia que no era la única.

Había sido una cuestión de ego, era cierto. Había besado a muchas mujeres de las que no se había aprendido ni el nombre. Y se había acostado con ellas. Pero, luego, se había encontrado peor que con una mala resaca. Por eso, había dejado de hacerlo. Había dejado de ir a bares a jugar y a emborracharse.

Tal vez, esa era la razón por la que no había salido con nadie en los últimos años y se había volcado en su trabajo. En realidad, su negocio era un éxito porque él se mantenía alejado de los bares. Pero, cuando alguna sofisticada dama de la alta sociedad había intentando algo con él en alguno de los eventos a los que lo había llevado su hermano Bobby, había vuelto a sentirse igual de vacío que en aquellos tiempos.

Eso significaba que había perdido práctica. Si estuviera en un bar en ese momento, un poco bebido, lo que haría sería acorralar a Jenny contra una pared. Ansiaba hundirse en la suavidad de su cuerpo y olvidar el resto del mundo.

Sin embargo, no estaban en un bar. Estaba en medio de un aula. Y no pensaba morder el anzuelo. Aunque su cuerpo se mostrara en desacuerdo.

Al menos, no iba a levantarla de la silla y tomarla entre sus brazos. No iba a hacer nada de eso, porque, si lo hacía, sabía que la asustaría. No tenía ni idea de a qué clase de juego estaba ella jugando.

Pero, cuando Jenny le recorrió los labios con la punta de la lengua, la determinación de Billy se desvaneció. Los brazos comenzaron a temblarle de tanto esfuerzo que estaba haciendo por no abrazarla.

Estaba preciosa cuando lo besaba. Y él no podía dejar de mirarla. Quizá, nunca tuviera otra oportunidad de recibir tanta ternura.

Por fin, Jenny se apartó. Entreabrió los labios, sin aliento, con los ojos todavía cerrados. Entonces, se pasó la lengua por los labios, como si intentara saborearlo. Al verla, Billy quiso besarla otra vez. Nunca había tenido tantos deseos de besar a nadie.

Cuando ella abrió los ojos, en ellos brillaba el más puro deseo. Lo deseaba.

—Nada de besos delante del niño. Me parece bien —señaló él al fin.

Ella sonrió. Parecía a punto de decir algo, pero el sonido de un portazo los interrumpió.

—Eh, Billy —llamó Seth desde el pasillo—. Ya he barrido todo el taller.

Jenny abrió mucho los ojos, alarmada.

Moviéndose a toda velocidad, aunque con cuidado de que Jenny no se cayera de la silla, Billy se colocó detrás del escritorio. Segundos después, Seth irrumpió en la clase.

—Ah, hola —saludó el chico, mirándolos con gesto de sospecha.

—El póster ha quedado recto —fue lo primero que a Billy se le ocurrió decir.

Jenny parpadeó un segundo.

—Ah, sí. Gracias, Billy. Genial.

—¿Vamos a seguir soldando por la mañana? Puedo traer mis botas de casa —dijo Seth.

—De acuerdo.

Jenny se bajó de la silla, sin mirarlo. No le tenía miedo, pensó Billy. Estaba seguro de ello. No lo había besado para demostrarle nada. Lo había besado porque le había apetecido.

Ese sencillo descubrimiento lo dejó por completo perplejo. Por eso, cuando Jenny les metió prisa para que saliera del colegio y cerró con llave la puerta principal, él todavía seguía mirándola anonadado.

Ella le dedicó una radiante sonrisa.

—Nos vemos mañana, ¿verdad?

—Sí.

Billy se quedó mirando cómo madre e hijo se metían en el coche. Los vería mañana.

No podía esperar.

Capítulo Siete

Billy llegó al colegio muy temprano al día siguiente. Se había pasado toda la noche trabajando en su garaje, intentando dar con una forma adecuada de responder a Jenny. Se preguntó si podría besarla de nuevo ese día. No iba a ser fácil. Nada de besos delante de los niños. Tampoco podía hacer nada con ella delante de la cámara. Eso limitaba sus opciones.

La mala noticia fue que Jenny no estaba en el colegio cuando él llegó. Peor aún, el deportivo de Bobby sí estaba allí. Maldición. Billy no estaba de humor para hablar con su hermano pequeño. Lo quería mucho, claro, pero no podía evitar tenerle rencor por haberle metido en todo aquel embrollo de las grabaciones.

Bobby estaba sentado en la mesa de trabajo. Parecía cansado.

Bobby tenía todo lo que le faltaba a Billy. Era atractivo, encantador, ingenioso, con talento para las mujeres… era buena gente. Y siempre conseguía lo que quería. Tenía a su padre, Bruce Bolton, en el bolsillo. ¿Cuánta gente podía decidir meter a su familia en un *reality show* y salirse con la suya? Solo Bobby. Convertía en oro todo lo que tocaba.

Esa mañana en concreto, Billy estaba especialmente celoso de su hermano pequeño. Bobby no tendría problemas en manejar esa situación con Jenny. Pero no iba a pedirle consejo. Nada de eso.

–¿Qué estás haciendo aquí?

–¿Necesito una razón para verte?

–Antes de las siete de la mañana, sí –contestó Billy. Para distraerse, tomó los tubos que había soldado con Seth el día anterior y comprobó que estaban bien unidos. El chico había hecho un buen trabajo, pensó.

–Quería hablar contigo –dijo Bobby serio.

–¿Qué pasa ahora? ¿Vas a poner cámaras en mi dormitorio? ¿Quieres grabarme en la ducha?

Cuando Bobby no le dio ninguna de sus ingeniosas respuestas, Billy supo que tenía problemas. Se giró hacia su hermano con el tubo en la mano.

Bobby se quedó allí, tomando su café con naturalidad. Tal vez, la cámara había grabado alguno de sus encuentros con Jenny. Quizá, su hermano estaba pensando hacer que su incipiente relación con la profesora formara parte del espectáculo.

–Ni lo sueñes. Sobre mi cadáver.

–Ni siquiera sabes lo que te voy a pedir –repuso Bobby.

Cuando lo vio sonreír, Billy tuvo ganas de darle con el tubo.

–Bueno, pide lo que quieras. La respuesta es no.

–El material grabado es bueno. Estás haciendo un buen trabajo con ese chico… ¿cómo se llama?

–Seth –farfulló Billy.

–Sí, sí, Seth. Creo que las mujeres se van a volver locas cuando vean tu parte más tierna.

Billy dio un respingo. No quería que las mujeres se volvieran locas por él. Bueno, solo una.

Ese pensamiento lo tomó por sorpresa, tanto que no supo responder a Bobby.

–He estado hablando con el dueño de la cadena FreeFall. ¿La conoces?

–No veo la televisión.

–Igual deberías empezar a hacerlo –comentó Bobby con una estúpida sonrisa, como si hubiera dicho algo gracioso–. Se llama David Caine. Está interesado en comprar la serie para la tele. Pero tenemos que lograr cierto número de visitas en los *webisodios*.

Billy deseó haber dormido algo. En ese momento, dudaba si estaba teniendo una pesadilla.

–¿Lo dices en serio? ¿No te basta con grabarme y ponerme en Internet?

–Esto es algo grande, Billy.

–No quiero ser famoso –le espetó Billy. La fama le estaba volviendo irritable. Le estaba dificultando cortejar a una mujer bonita y normal como Jenny. Le estaba arruinando la vida–. Eres tú quien quiere ser famoso. ¿Por qué no te grabas a ti mismo?

–No soy tan interesante como tú –replicó Bobby–. Puedes hacer motos increíbles y no aguantas tonterías de nadie.

¿Era eso un cumplido?, se preguntó Billy, aunque su hermano lo estropeó cuando añadió:

–Ni siquiera aguantas tonterías de una maestra de primaria con problemas de actitud.

–Cuidado con lo que dices –advirtió Billy, sin pensar.

Bobby abrió los ojos como platos.

–¿Te gusta?

Billy casi pudo ver cómo se movían los engranajes

del cerebro de su hermano. Sin duda, le pediría que mostraran su pequeño juego de coqueteo delante de las cámaras.

—Bueno, eso es interesante —comentó Bobby con una sonrisa—. Pero quería hablarte de otra cosa.

—¿Ah, sí?

No era típico de su hermano desaprovechar las oportunidades. Algo raro pasaba, adivinó Billy, temiéndose lo peor.

—Josey dice que tengo que conseguir tu aprobación para esto.

—¿Para qué?

—Estás construyendo una moto que será subastada para reunir fondos para el colegio, ¿correcto?

—Sí...

—He pensado en una forma de subastar la moto que nos hará sacar el máximo de beneficio a todos.

—¿Qué diablos quieres decir?

Bobby sonrió otra vez, aunque parecía nervioso.

—Quiero decir que, cuando subastemos la moto, también deberíamos subastar algunos solteros.

Antes de que Billy pudiera digerir su propuesta, Bobby empezó a dar vueltas nervioso por la habitación.

—Escúchame. Tú eres la razón por la que estamos teniendo tanto éxito en Internet. Tenemos que sacarle el máximo partido a eso. La idea es venderte al mejor postor por una noche. Podríamos invitar a nuestros clientes más famosos. Ya sabes cómo les gusta a los de la alta sociedad presentarse en eventos benéficos. Además, nuestra audiencia se dispararía. ¡Todo el mundo iba a querer ver al rudo motero de esmoquin! Y recaudaríamos un montón de dinero para el colegio –explicó Bobby y, tras una pausa, se giró hacia su hermano sonriendo como un idiota–. ¡Todo el mundo sale ganando!

Tras unos instantes, Billy se dio cuenta de que tenía la boca abierta. De todas las propuestas absurdas que había oído, incluida la de convertirle en una estrella de Internet, esa se llevaba la palma.

–¿Tomas drogas?

La sonrisa de Bobby se difuminó.

–No serás tú solo. Papá dice que también podemos subastarlo a él. Y a mí, claro. Ben está fuera de juego, claro. Josey no se lo permitiría. Pero los chicos de la banda de Ben ya han dicho que sí. Tengo otros solteros en la lista. Solo faltas tú.

–¿Josey cree que esto es buena idea? –preguntó Billy, sin dar crédito. Su cuñada era una mujer con los pies en la tierra. Aunque, también, era la encargada de recaudar fondos para la escuela…

–Por supuesto. Hice números y le mostré cuánto puede sacarse con este tipo de eventos. Se quedó impresionada.

–Déjame ver esos números –pidió Billy.

Bobby titubeó.

No lo he traído.

–De ninguna manera voy a consentir que me subastes al mejor postor.

–Una subasta de solteros tiene el potencial de sacar otros cincuenta mil dólares para el colegio, William. ¿Sabes a quién puede gustarle mucho esa cifra? A cierta maestra que estará deseando tener más fondos para comprar material. Imagina todos esos chicos con ceras de colores ilimitadas. ¿Quieres que le diga que te negaste a proporcionar más material escolar para sus niños?

Eso era chantaje.

—Le compraré una caja de ceras o todas las que quiera. No voy a dejar que me subastes.

—¿Sabes a quién más le encantaría recaudar una cantidad mayor para la escuela? A Don —continuó Bobby, sin rendirse—. Me ha contado que le gustaría instaurar un programa de clases extraescolares, con deportes, trabajo en el taller… Así los mantendría ocupados y alejados de problemas. Ahora no tiene dinero para hacerlo. Tú podrías cambiar eso.

Billy miró a su hermano. Por supuesto, Bobby sabía cómo tocar su punto débil. Si él hubiera tenido una escuela taller como esa, probablemente, no habría terminado dejando embarazada a su novia del instituto. Y no habría tenido tanto tiempo para meterse en problemas. Quizá, ella no lo habría considerado un inútil como padre y habría tenido a su hijo. Su vida podía haber sido por completo diferente.

Por otra parte, tenía mucho dinero. Igual podía pedirle a Ben que invirtiera parte de ello. Prefería extender un cheque de su propia cuenta a nombre de la escuela antes que participar en una subasta de solteros.

Bobby lo observaba con expectación.

—Vete al diablo, imbécil.

—¡Vamos, tío! Estoy hablando de una noche de tu vida. No sabía que pudieras ser tan egoísta.

¿Billy era egoísta? ¿Después de que había aceptado convertir su vida en material de *reality show* solo por el bien del negocio familiar? ¿Después de que había accedido a construir una moto de diseño para ser subastada para la escuela? Nada de eso.

Billy nunca había jugado al béisbol. Había sido lo bastante duro, sí, pero sus notas de clase siempre lo habían obligado a quedarse fuera del equipo. Sin embargo, sus hermanos sí habían jugado al béisbol. Por eso, le extrañó que Bobby no anticipara el golpe.

Sin pensar, Billy dejó caer el tubo, que resonó en el suelo con un ruido metálico, y se abalanzó sobre su hermano con tanta fuerza que ambos se trasladaron un par de metros más atrás.

Llevaban toda la vida enzarzándose en peleas. Su padre había insistido siempre en que era cosa de chicos, y nunca los había detenido. Algunas veces, Bobby era quien se colocaba arriba. Tenía un buen gancho izquierdo y era rápido. Pero Billy era mucho más fuerte.

–Construiré motos para ti y tu serie de Internet, pero eso no te da derecho a venderme al mejor postor. ¿Lo entiendes?

Detrás de ellos, se oyó una puerta y alguien soltó un grito sofocado. Maldición. Billy se había olvidado de Seth. Soltó a Bobby y, cuando se volvió, vio que al muchacho se le estaban saliendo los ojos de las órbitas.

–¿Va todo bien? Puedo volver después… –balbució Seth dirigiéndose de nuevo a la puerta.

Billy le lanzó a su hermano una mirada de advertencia. Esperaba que Bobby no relacionara al chico con Jenny. Si comentaba algo al respecto, iba a tener que matarlo, se dijo.

–No, ya hemos terminado. ¿Verdad, Bobby?

Bobby se aclaró la garganta, se zafó de su hermano y se colocó lo que le quedaba de la camisa.

–Estamos bien. Solo jugando un poco, chico. Cosas de hermanos.

–Sí, claro, señor –dijo Seth, mirándolo boquiabierto. Luego, se giró hacia Billy–. ¿Vamos a soldar? –preguntó, y levantó el pie para mostrarle sus botas de trabajo.

–Os dejo que entréis en faena –indicó Bobby, y se dirigió a la salida a buen paso.

–¡Eh! –le gritó Billy. Hacía mucho, había aprendido que, si no conseguía que su hermano le prometiera algo en serio, no podía fiarse de él.

Bobby se detuvo con la mano en el picaporte. Se volvió.

–De acuerdo. No lo harás.

Sin embargo, Billy dudó mucho de que estuviera dicha la última palabra.

Capítulo Ocho

–¿Qué vamos a hacer esta noche? –preguntó Jenny a las catorce que había sentadas en la clase. Tenían entre ocho y dieciocho años. Nueve de ellas estaban embarazadas.

–Nada de alcohol ni de drogas –entonaron todas al unísono, como Jenny les había enseñado. Cindy, en la última fila, fue la única que no respondió.

–¿Y? –inquirió de nuevo Jenny, sin perder de vista a Cindy.

–Haremos los deberes, iremos al colegio mañana.

–Buen trabajo, chicas. Recordad que podéis llamarme si os hace falta. Si no, nos vemos mañana.

Todas recogieron sus cosas, se comieron las últimas galletas que quedaban y salieron. Menos Cindy.

La niña no había dicho nada durante toda la reunión. Tenía los ojos y la nariz enrojecidos. Jenny esperaba que no hubiera faltado a clase ni se hubiera drogado. Se sentó a su lado. Mientras Cindy fuera todavía a las reuniones, aún había esperanza.

–No puedo hacerlo, Jenny –confesó Cindy, tirándose a los brazos de la maestra entre sollozos–. No puedo.

Jenny sintió un nudo en la garganta. Cindy tenía la misma edad que ella tenía cuando se había quedado embarazada.

–¿Qué sucede, tesoro?

–Tige ha roto conmigo. No le importamos ni yo ni el bebé.

Sí, Jenny también había pasado por eso.

–Oh, cariño –dijo la maestra. De poco serviría que le confesara a la niña que no podía esperarse mucho de alguien tan irresponsable como Tige.

–Mi madre dice que tengo que dar al bebé en adopción y mi abuela dice que, si hago eso, ya no será lakota –gimió la joven–. Pero yo no quiero tenerlo. No puedo.

Jenny iba a tener que hablar con Bertha seriamente.

–No importa dónde esté el bebé, siempre será uno de los nuestros –aseguró la maestra, tocando con suavidad el vientre de la chica, embarazada de siete meses.

–No puedo. No puedo.

–Lo siento, cariño, es muy tarde para abortar.

–Tesoro, tienes que hacer lo mejor para ti y para el bebé –señaló Jenny cuando, por fin, Cindy dejó de llorar–. Si quieres quedártelo, tu familia y la tribu te ayudarán. Si decides darlo en adopción, te pondré en contacto con un consejero en el tema. Cualquier opción que elijas está bien.

Cindy rompió a llorar de nuevo. Jenny le acarició la espalda.

–Ve a casa y duerme un poco. Mañana, después de vayas a clase, haremos un plan.

–De acuerdo.

Cuando se hubo quedado sola, la maestra posó su atención en la carta de los servicios sociales de Dakota del Sur que había recibido esa mañana. Rezó porque fuera un cheque mientras la abría. Cuando había empezado a hacer sus reuniones de adolescentes embarazadas, había tenido suficientes fondos para ofrecerles una cena caliente a diario. Había sido lo único que habían comido algunas de ellas.

Sin embargo, el dinero se había acabado y había tenido que sustituir las cenas por leche con galletas, que pagaba de su poco bolsillo. Pronto, no podría ni siquiera hacer eso.

Aunque se negaba a perder la esperanza. Esas chicas estaban en una situación difícil, igual que le había sucedido a ella, y necesitaban poder confiar en un adulto.

Quería que todas las chicas tuvieran una oportunidad de ser mujeres de provecho. Con ese fin, Jenny les ofrecía su apoyo incondicional y una estricta lista de reglas básicas, además de insistir en que continuaran con sus estudios.

Cuando terminó de abrir el sobre, tomó aliento. Pero se le encogió el corazón al leer la breve misiva. El Estado no solo se declaraba incapaz de pagar la subvención de ese mes, sino que dejaría de hacerlo a partir de ese momento. No habría más dinero.

Su programa estaba oficialmente muerto.

Perdida en sus pensamientos, Jenny se asomó a la ventana. El camión de producción se había ido, pero la puerta del taller estaba abierta y la luz, encendida. Al menos, Billy seguía allí. Besarlo el día anterior había sido… especial. Hacía años desde que había besado a un hombre. Bueno, en realidad, nunca había besado a un hombre. Solo había besado a muchachos irresponsables, de los que se acostaban con chicas y las abandonaban. Los hombres se hacían responsables de sus actos.

Y su intuición le decía que Billy era un hombre.

Era cierto que un beso no era nada más que un beso. Pero, solo de recordarlo, Jenny se sonrojaba. Por eso, no había sido capaz ni de llevarle a Billy una taza de té esa mañana.

Sin embargo, en ese momento, se dirigía al taller sin dudarlo más. Y no iba a engañarse diciéndose que lo hacía por Seth.

Había sido un día muy largo. Tenía ganas de ver a Billy. Ansiaba sentir su mirada y sus suaves caricias que le disparaban el corazón a toda velocidad. Quería olvidarse de los recortes presupuestarios, de los bebés por nacer y de la sensación de no llegar a ninguna parte.

Seth estaba barriendo. Billy estaba sentado ante la mesa, estudiando unos esquemas de montaje. En medio del suelo había un montón de metal soldado que, en ese momento, no se parecía de lejos a una moto.

–Hola –dijo Seth, barriendo un montón de basura para quitarlo de su paso, mientras ella se dirigía a la mesa–. Acabo de empezar.

–No hay prisa, cariño.

–Mamá…

Sí, claro. Los chicos que construían motos no querían que nadie les llamara cariño en el taller. Billy levantó la vista hacia ella y sonrió. Más o menos. Fue una sonrisa imperceptible, pero ella la percibió de todos modos.

–Tiene buena pinta –señaló ella, refiriéndose al metal del suelo.

Billy sonrió un poco más. Al verlo, la tensión que Jenny había acumulado durante el día empezó a disiparse.

–¿De verdad?

–Oh, sí, es muy… metálico.

Cuando Billy posó los ojos en sus labios, a ella le subió la temperatura al instante.

El día anterior, lo había tomado por sorpresa. Tal vez, ese día, sería él quien la besara.

Aunque no podía olvidar que Seth estaba allí.

–¿Cómo te ha ido el día? –preguntó Jenny–. Vi que tu hermano estaba aquí temprano.

A Billy se le borró la sonrisa de la cara.

–Más o menos. ¿Y tú qué tal?

Jenny no recordaba la última vez que alguien le había preguntado qué tal estaba, a excepción de su madre.

–Ha sido un día largo –admitió ella, encogiéndose de hombros.

–¿Puedo hacer algo por ti?

Por la forma en que lo dijo, muy serio, daba la sensación de que estaba dispuesto a hacer cualquier cosa que ella le pidiera. Y eso la hizo sentir insegura… y encantada al mismo tiempo.

–No, a menos que tengas unos miles de dólares de sobra –bromeó ella–. Me han cortado la subvención de mi programa extraescolar y no van a enviar más dinero.

Sin embargo, Billy no se lo tomó como una broma y frunció el ceño, igual que había hecho el día anterior, cuando ella le había insinuado que podía tenerle miedo.

—¿Qué?

—Todo se reduce al dinero, ¿verdad? —replicó él, dándole un puñetazo a la mesa—. Eso es lo único que quiere todo el mundo.

Sin embargo, Jenny se negó a dejarse intimidar.

—No te estoy pidiendo que pagues mi programa. Estábamos hablando, nada más.

—Ya estoy construyendo esta moto. Ya le estoy dando mi tiempo a la escuela. No tengo más que dar —rugió él, dando otro golpe sobre la mesa.

—Estás intentando asustarme de nuevo, pero no te saldrás con la tuya —advirtió ella en voz baja, para que Seth no la oyera—. No te tengo miedo.

Entonces, sucedió algo muy extraño. Billy Bolton, el hombre más duro que ella conocía, se sonrojó. Y no fue solo un poco. Se puso rojo desde las orejas hasta el cuello.

Al instante siguiente, él se levantó y se dirigió a la puerta con la cabeza gacha, como un toro listo para embestir.

Jenny lo siguió afuera. Cuando estuvieron a una distancia prudencial de la puerta del taller, él se detuvo con las manos en jarras, mirando al suelo. De espaldas, ella se fijó en su perfecto trasero.

—Deberías tenerme miedo —señaló él sin levantar la cabeza—. Deberías tenerme mucho miedo.

—Dame una buena razón —pidió ella, colocándose delante de él.

—No soy un tipo agradable, Jenny. No soy un buen tipo. Tengo una reputación y antecedentes criminales que lo demuestran. Por mucho dinero que tenga, nada cambiará eso. Si supieras lo que os conviene a ti y a tu hijo, saldrías corriendo ahora mismo.

No habló como si estuviera orgulloso de sí mismo, sino como si estuviera resignado a llevar la pesada carga de su rudeza durante toda la vida. Sonaba cansado.

¿Antecedentes criminales? Jenny tragó saliva. Josey habría pedido un certificado de penales antes de dejarlo trabajar con niños, ¿no?

Jenny dio un paso hacia él y percibió la tensión que le encogía los hombros. Despacio, posó una mano en su pecho, en el mismo lugar donde lo había empujado el primer día.

Él le cubrió la mano con sus dedos y se la apretó con suavidad. No era el contacto de un hombre peligroso y violento.

Con la otra mano, Jenny le acarició la mejilla, por encima de la barba y debajo de la barbilla, haciéndole levantar la cabeza.

—No te tengo miedo —repitió ella en un susurro.

Billy le agarró la muñeca con ternura.

—Deberías tenerlo —insistió él, acercándose más—. Deberías.

—Pues no tengo miedo.

Jenny no supo quién dio el primer paso. Solo supo que sus cuerpos se fundieron en un beso apasionado.

Si el beso del día anterior había sido bonito, ese fue toda una revelación. A ella le temblaron las rodillas bajo la fuerza de la boca de él, pero no le importó. Él la sujetó y la levantó del suelo como si fuera una pluma.

El deseo se hizo evidente. Billy lo manifestaba por cada poro de su piel. Nada de miradas o palabras confusas. No había duda. La deseaba. No importaba que tuviera un hijo adolescente, ni que fuera una aburrida maestra, ni que estuviera en bancarrota. La deseaba. Entre sus brazos, ella se sentía en una nube.

Billy le recorrió los labios con la lengua con suavidad, pidiéndole permiso para entrar. Cuando ella abrió la boca, la besó con tanta intensidad que casi se cayó de espaldas.

Por una parte, Jenny no quería que el beso terminara nunca. Por otra, sentía que estaba perdiendo el equilibrio y el control de la situación. Por eso, se apartó.

Billy la dejó apartar su boca, pero no la soltó. En vez de eso, la abrazó con más fuerza. Un hondo gemido de satisfacción resonó en su pecho.

Apretada contra su musculoso torso, Jenny podía notar el sonido acelerado de su corazón. Era cálido, sólido y tan fuerte que a ella no le importaba que la sujetara a unos centímetros del suelo. Era como si su lado femenino, dormido durante años, hubiera despertado entre sus brazos. Ella lo abrazó también, hundiendo la cabeza en su cuello. El olor a cuero y metal la invadió, junto a un profundo aroma masculino y almizclado.

El mágico momento terminó enseguida. Primero, Billy la dejó el suelo, luego, la soltó. Sus movimientos eran lentos, como si temiera que aquel contacto no volviera a repetirse nunca.

Si de ella dependía, volvería a repetirse, se dijo Jenny.

–No me gusta mucho esto de que nos besemos tan cerca del colegio –comentó ella, y sonrió como una adolescente embobada.

–Igual es mejor que hagamos esto en otra parte –sugirió él.

–¿Me estás pidiendo salir? –preguntó ella. No estaba acostumbrada a que ningún hombre le propusiera una cita.

Billy volvió a dedicarle una mirada de cansancio. Ese hombre era un misterio para ella.

–Siempre estoy trabajando –murmuró él.

–Y yo siempre estoy en el colegio.

–No siempre. ¿Qué haces cuando te vas de aquí?

Aquella pregunta le dio un poco de esperanza a Jenny.

–Hago la cena, lavo los platos, persigo a Seth para que haga los deberes, hablo con las chicas que me llaman y… caigo redonda en la cama. Al día siguiente, hago lo mismo.

Billy arqueó una ceja.

–Hago las tareas domésticas los fines de semana aunque, a veces, las tengo un poco desatendidas…

Billy asintió con ademán comprensivo, inclinó la cabeza y la besó en al frente. La ternura de aquel gesto hizo que Jenny se sonrojara.

–Voy a invitarte a salir, Jenny. Quiero llevarte… a un sitio especial. Ofrecerte la cita que mereces.

Eso sonaba maravilloso, pensó ella. Una noche a solas. Por primera vez en su vida, una cita con un hombre de verdad.

–¿Cuándo?

Él suspiró.

–Primero, tengo que ocuparme de mi hermano Bobby. No quiero que te graben. Cuando haya cámaras, no habrá nada entre nosotros.

Al principio, Jenny se sintió herida por sus palabras. ¿Cómo podía decir que no había nada, después de aquel beso? Pero, enseguida, comprendió a qué se refería. Solo quería protegerla.

–Por mucho que digas que no eres un buen tipo, yo sé cómo eres en realidad, William Bolton –aseguró ella, y le posó un beso en la palma de la mano–. Avísame cuando lo hayas arreglado. Estaré por aquí.

La radiante sonrisa de Billy le dijo a Jenny que dos besos no iban a ser suficientes, ni de lejos. Nunca se había sentido así con un hombre. La forma en que la hacía estremecer con solo tocarla era demasiado adictiva. Cuanto antes pudieran repetir su encuentro, mucho mejor. Y, por la mirada de él, parecía que sentía lo mismo.

–Sí –afirmó Billy, recorriéndole los labios con el pulgar–. Sé dónde encontrarte.

Capítulo Nueve

Haciendo un esfuerzo, Jenny esperó a que Seth cerrara la puerta de su habitación antes de llamar a Josey. No tenía tarifa plana contratada en el móvil, así que solo llamaba a su prima en casos de emergencia.

Y haber besado a Billy Bolton después de que él hubiera mencionado que había sido arrestado era una emergencia en toda regla.

Josey respondió al tercer timbre.

–¿Sí?

–Soy yo.

–¿Quieres que te llame yo?

Jenny sonrió.

–Sí.

Colgaron y Jenny se sentó, esperando. Cuando sonó el móvil, respondió de inmediato.

–¿Qué pasa? ¿Va todo bien?

Jenny no tenía ni idea de cómo responder a esa pregunta. Abrió la boca para preguntar por Billy, pero cambió de idea en el último momento.

–Ya es oficial. No van a seguir subvencionando mi programa para madres adolescentes.

–Oh, no –dijo Josey, e hizo una pausa–. ¿Durante cuánto tiempo más puedes mantenerlo?

Jenny se frotó los ojos. Esa no era la conversación que quería tener. Quería informarse sobre Billy, saber si había hecho mal al confiar en él. No quería pensar en que su misión en la vida estaba a punto de verse hecha pedazos debido a recortes de presupuesto.

–No lo sé. Si echo mano de los ahorros que tenía para que Seth fuera a la universidad, igual puedo mantener el programa hasta el verano –indicó ella. El verano era la época más delicada para las adolescentes de la reserva. No había colegio, ni horarios. Y era el momento en que comenzaban la mayoría de los embarazos.

Hubo un silencio. Jenny no tenía ni idea de qué pensaba Josey. Nunca le había pedido a su prima dinero antes.

–Podemos asegurarnos de que algo del dinero vaya para ti cuando subastemos la moto que Billy está construyendo.

–Sí. Ya que hablas de Billy…

–¿Qué pasa? ¿Va todo bien con Billy?

–Más o menos.

–Jenny…

Josey era como una hermana para ella y no solía esconderle nada.

–¿Por qué no me contaste que había sido detenido por la policía?

–Ah, eso.

–Sí, eso.

–No te lo dije porque no es importante –señaló Josey y, cuando Jenny dio un respingo, continuó–. Lo digo en serio. Lo arrestaron tres veces por borrachera en público y por meterse en peleas. Pero la última vez fue hace diez años. Tuvo que hacer un tiempo de servicios a la comunidad. Una vez que empezó a construir motos, dejó de meterse en problemas y dio un giro a su vida –explicó, y bajó el tono de voz para añadir–: Sé que te preocupa. Puede parecer peligroso, pero...

–No me preocupa. No me asusta –aseguró Jenny sin pensarlo.

El silencio que sucedió a su vehemente comentario hablaba más que las palabras.

Josey se olía algo, sin duda.

–¿Cómo supiste que había sido arrestado? –preguntó Josey.

–Él me lo contó –reconoció Jenny.

–Vaya –repuso Josey–. No suele hablarle a la gente de eso. Yo lo sé porque hice que lo investigaran antes de dejarle acercarse al colegio. Me lo contó él mismo, porque quería que no lo supiera por terceros.

–Bueno, pues a mí me lo ha contado.

Jenny no dio más explicaciones. Cualquier cosa que añadiera, seguro, solo serviría para darle más pistas a su prima sobre lo que sucedía entre Billy y ella.

Hubo otra pausa.

–¿Hay algo entre vosotros?

–Claro que no.

¿Cómo podía Josey siquiera imaginar que tuviera una relación con un hombre arrestado por escándalo público? Ella era una mujer responsable. No podía dejar que Seth recibiera malas influencias. Cielos, incluso, podía ser una mala influencia para ella.

–Pasa mucho tiempo con Seth. Construyen la moto juntos después de clase. Solo quería informarme, eso es todo.

–Ya, ya –replicó Josey, que no se estaba dejando engañar–. Mira, yo me ocuparé de conseguir más donaciones y tú avísame si tienes más preguntas sobre Billy.

En parte, Jenny quería contarle a su prima que se habían besado, que él le había llevado té, que había hablado con Seth para que hiciera las tareas en casa. En parte, ansiaba hacerle mil preguntas sobre él.

Sin embargo, prefirió callar. Hablar de algo lo convertía en real y todo aquello seguía pareciéndole más bien un sueño, sobre todo el beso de esa tarde. Si se lo contaba a Josey, igual Josey se lo contaría a su madre y la noticia podía filtrarse a la reserva en cuestión de horas.

Aunque habían pasado catorce años desde que se había cegado por un hombre hasta el punto de cometer locuras, estaba segura de que empezarían a criticarla por haber perdido la cabeza de nuevo. Pensarían que no había cambiado y seguía siendo una adolescente alocada.

No. Se había esforzado demasiado para que la consideraran una mujer respetable. Su primer objetivo era ocuparse de Seth. El segundo, guiar a las chicas de sus reuniones hacia la vida adulta. El tercero, era ser maestra. No había sitio para nada más en su vida.

–No te preocupes –dijo Jenny con seguridad–. No lo haré.

Ben hizo una pausa cuando sonó el teléfono de Josey pero, después de que ella respondiera, disparó la bola ocho y ganó la partida. Billy gruñó. Por lo general, solía ganar a su hermano en el billar, pero ese día estaba en baja forma.

Y sabía por qué.

Entonces, Josey se fue corriendo a su dormitorio para hablar en privado. ¿Y si era Jenny?, se preguntó Billy. ¿Y si estaba llamando para informarse sobre él?

–¿Qué piensas, hermano? –le preguntó Ben cuando se hubieron quedado a solas.

–¿Qué?

Ben sonrió. Sonreía mucho más que antes. De hecho, desde que había conocido a Josey, parecía feliz.

–Pareces perdido en tus pensamientos. No estoy acostumbrado a verte tan cabizbajo. Por lo general, cuando algo te preocupa le das un puñetazo a la pared, en vez de ponerte pensativo.

–Muy graciosa la bromita. ¿Se le ocurrió a Bobby o a ti solito?

–Tranquilo. Solo pregunto. Si no como tu hermano, como tu socio financiero.

Billy colocó una nueva remesa de bolas en la mesa.

–Hablando de finanzas…

–Todo está invertido y a salvo. Sigues teniendo beneficios. ¿Por qué?

Billy se preguntó si su hermano podría canjear por efectivo algunas de sus inversiones, para extenderle un cheque a Jenny para su programa.

–¿Sería muy difícil convertirlo en efectivo? Unos quince o veinte mil.

Ben lo miró extrañado.

–Te cobrarían una penalización importante. Puedo hacerlo, pero tardaría unos meses en tener liquidez. Es mejor esperar al año que viene, por tema de impuestos.

Maldición. Faltaba mucho para eso, pensó Billy.

Tenía casi todo su dinero en el banco, donde no podía tocarlo. Cuando Ben le había hablado de aquella última oportunidad para invertir, le había explicado que era un depósito a plazo fijo y que no podría sacarlo durante un tiempo. Hasta ese momento, él no se había dado cuenta de los inconvenientes que eso tenía.

Sumido en sus pensamientos, decidió cambiar de tema.

—¿Qué tal va la reforma de la casa?

Josey estaba embarazada y habían decidido hacer algunas remodelaciones en su casa. Junto al dormitorio, habían convertido parte del gran espacio abierto de la casa en una habitación para el bebé.

Ben lo contempló un momento antes de responder.

—Bien. Todo va según el calendario y el presupuesto.

Eso era lo que le gustaba a Billy de su hermano. Ben le permitía reconducir una conversación a lugares más seguros. Mientras, Bobby se empeñaba en insistir sin parar hasta lograr su objetivo.

—¿Qué tal van las cosas en el colegio?

—Bien, supongo. Creo que asusto un poco a los niños.

Ben rompió, metiendo una bola rayada en un agujero.

—Asustas a todo el mundo, tío.

Eso pensaba Billy antes.

—A todo el mundo, no.

Ben falló el siguiente tiro.

—¿Qué?

Maldición, debería haber mantenido la boca cerrada. Era demasiado tarde. Sin saber qué responder, Billy se preparó para tirar.

—¿Quién es ella?

Billy intentó cambiar de tema de nuevo.

—Bobby quiere subastarme, tío. En una subasta de solteros.

Ben asintió.

—Eso he oído. Podría sacarse mucho dinero para el colegio.

Jenny necesitaba ese dinero para sus chicas embarazadas. Don necesitaba dinero también para impedir que más chicas se quedaran embarazadas. Ninguno de los dos tenía ese dinero, lo que significaba que los chicos terminarían echando a perder su vida, como le había pasado a él.

Billy no le había mentido a Jenny. No era un tipo simpático. Si cualquier otra mujer le hubiera dicho que necesitaba dinero, no se habría molestado ni en responder. Pero ella era especial. Y, por alguna razón, él quería ayudarla a salvar su programa de ayuda a las chicas.

—Lo que dices es que le has echado el ojo a alguien y ser subastado al mejor postor puede hundir tus planes, ¿es así?

Así era Ben. Escueto y directo.

—Puede hundirme la vida. Bobby me ha hablado de firmar un contrato con una gran cadena de televisión por cable. No quiero ser estrella de la pantalla. No me interesa nada de esto.

Ben miró al techo con gesto burlón.

—¿De verdad te ha dicho eso?

Cuando Billy le lanzó una mirada confusa, su hermano rompió a reír.

–Qué liante. Sí, está en negociaciones con una cadena para hacer un *reality show*. Pero papá será el protagonista. El salvaje Bruce Bolton y sus tres salvajes hijos. No serás el único ante la cámara. De hecho, solo te grabarán cuando tengas una pelea con papá o con Bobby –explicó, meneando la cabeza–. Creo que estaba intentando ponerte nervioso.

–¿Por qué diablos iba a querer hacer eso?

Ben hizo una pausa.

–¿Había alguna cámara cerca?

Al principio, Billy iba a contestar que no, pero recordó la cámara que Bobby había colocado en una esquina del techo del taller.

–Maldición. ¿Por qué hace eso?

–Quiere probar algo... al menos, eso es lo que dije Josey –repuso Ben–. Supongo que quiere demostrarnos algo a nosotros. O a sí mismo.

Billy no estaba seguro, aunque Ben rara vez se equivocaba. ¿Por qué iba a tener Bobby que demostrar nada? Sí, era cierto que sacaba a todo el mundo de quicio, pero lo querían de todas maneras. Cuando alguno de los tres tenía dificultades, los otros siempre lo apoyaban.

–¿Hablas en serio?

Ben siempre hablaba en serio.

–¿No te mencionó lo de el negocio inmobiliario?

–No. Solo me habló de la subasta de solteros.

–Para que lo sepas, Bobby lo tiene todo planeado a lo grande. Y tú solo eres una pequeña parte de su plan. Al menos, ¿te contó que la subasta de solteros le parecía buena idea a Josey?

Ser una pequeña parte del plan de su hermano no le hacía sentir mejor a Billy.

–Me dijo que ella suponía que diría que no. Y es lo que he hecho. No quiero que nadie me compre.

Excepto Jenny, se dijo Billy. Pero Jenny y él no existían para las cámaras. Si Bobby lo subastaba para lograr publicidad, ¿cómo podría Jenny comprarlo sin aparecer ante las cámaras? Aparte de eso, teniendo en cuenta sus dificultades económicas, ¿cómo iba ella a permitirse siquiera participar?

–Cómprate a ti mismo. Puedes trucar la subasta. Conozco a una mujer que estará encantada de hacer de intermediaria.

Billy miró atónito a su hermano.

Josey se acercó y tomó asiento. Parecía más... pensativa que antes de la llamada, observó Billy. Por alguna razón, eso le hizo sonrojar.

–¿Qué me he perdido?

Ben la besó en la mejilla y le acarició los hombros. Luego, le tocó con cariño el vientre hinchado. El rostro de Josey se suavizó, mientras apoyaba la cabeza en su marido. A Billy le hacía sentir tan mal el ver a una familia feliz que volvió la cara hacia la mesa de billar. Prefería no recordar lo que no tenía.

–Tú comprarás a Billy en la subasta –anunció Ben con aire victorioso.

–¿Ah, sí? –dijo ella.

–¿De verdad? –preguntó Billy.

–Sí. Claro, siempre que tú cubras el gasto –le indicó Ben a su hermano–. Bobby cree que vales unos dos mil dólares. Todo ello será deducible de impuestos, por supuesto.

Claro. Eso era lo más importante de todo. ¿Cómo era posible que estuviera a punto de acceder a aquella locura?, se dijo Billy. ¿Qué diablos le pasaba?

Pero todavía podía empeorar. Josey le lanzó una mirada socarrona.

—Si quieres, puedo cederle mi puja a otra persona.

Billy golpeó la mesa de billar con su palo Sabía que a Josey no le gustaban las palabrotas, así que consiguió contenerse. Sin duda, la mujer de su hermano acababa de hablar con Jenny por teléfono. Eso u otra persona los había visto besarse. En cualquier caso, Josey lo sabía.

Su conclusión quedó confirmada al instante.

—¿Sabes? Ben y yo pensábamos invitar a Seth a pasar el fin de semana aquí, para darle a Jenny un pequeño respiro. Seguro que podemos coordinarnos contigo.

—¿Jenny? —dijo Ben, quedándose boquiabierto. Posó los ojos en su hermano y en su mujer—. ¿Tu prima Jenny?

Ya estaba. No había forma de salir del lío.

—Solo aceptaré con una condición. La puja ganadora que se pague por mí irá íntegra al programa de Jenny.

—Trato hecho —afirmó Josey sin pensárselo.

Sin duda, su cuñada lo había planeado todo con antelación, comprendió Billy entonces. Se sentía engañado aunque, al mismo tiempo, no podía ignorar una extraña sensación de excitación. ¿Y si el plan funcionaba?

—Espera. Tengo otra condición. Bobby y su equipo de grabación no podrán seguirme cuando la compradora quiera disfrutar de la cita subastada. Porque de eso se trata, ¿no? ¿Lo que se subasta es una cita conmigo?

–¿Jenny? –preguntó Ben de nuevo, todavía perplejo con la noticia, incapaz de seguir la conversación–. ¿Jenny Wawasuck y tú?

Josey parecía preocupada.

–Si Bobby se entera...

Sí. Si Bobby pensaba que podía incrementar el número de espectadores empezaría a seguir a Jenny a todas partes. Y, si la molestaba, era posible que ella no accediera a formar parte del plan.

–Pues no se lo diremos. No se lo diremos a nadie –propuso Ben, recuperado de su sorpresa–. Será una sorpresa. Si nadie lo sabe, a excepción de nosotros tres, se mantendrá en secreto. Nosotros nos ocupamos de que Bobby no os siga. Tú ocúpate del resto.

–¿No se lo diremos a Jenny? –inquirió Billy, mirando a Josey.

–Puede que le guste la sorpresa. No ha recibido muchas sorpresas agradables en su vida –comentó ella, pensativa–. Nadie la invitado nunca a salir ni a pasar una... noche romántica –añadió.

Billy no estaba seguro de que fuera buena idea ocultárselo a Jenny.

–Conociendo a tu prima, si le decimos que vamos a darle dos mil dólares, se negará. No dejará que la ayudemos sin presentar batalla. Es demasiado orgullosa.

Billy consideró su punto de vista. Recordó cómo Jenny se había ofrecido a pagarle el té. Ben tenía razón. Si se enteraba, le amenazaría con echarle de comer a los coyotes.

–Además, a las mujeres les gustan las sorpresas –añadió Ben, y le lanzó una sonrisa a su esposa–. Yo todavía tengo un par de trucos en la manga.

¿Bill Bolton intentando darle una sorpresa romántica a una mujer? Aquello echaría por tierra toda su reputación, se dijo él.

–Bien. Nadie lo sabrá –concluyó Billy. Sin embargo, tres semanas le parecía demasiado tiempo para poder salir con Jenny. Pero debía tener cuidado y no hacer nada que pusiera a Bobby sobre aviso.

Entonces, se le ocurrió una idea. Seth y él estaban haciendo muchos avances con la moto. Pronto, tendrían que pintarla, algo que no podían hacer en la escuela taller. Solo tenía el equipo necesario en Crazy Horse Choppers.

–¿Y si quedo con ella antes de la subasta?

Ben meneó la cabeza.

–Tío, estás coladito.

–Si hacemos la moto pronto, podría llevarla a mi taller para pintarla. Seth y su madre me acompañarían...

Josey sonrió.

–Creo que es buena idea.

Un día sin colegio, sin niños, sin malditas cámaras, pensó Billy. Un día solo para estar con Jenny.

–Ella no me tiene miedo –dijo Billy sin más.

Capítulo Diez

Billy estaba esperándolos en el colegio el lunes por la mañana con su furgoneta aparcada junto al sitio de Jenny. Mientras aparcaba, ella pudo ver que tenía una taza extra de té en la mano.

Sin poder evitarlo, aquel simple detalle la llenó de excitación.

—Buenos días, chico —saludó Billy, y señaló con la cabeza hacia el maletero—. Te están esperando unas cajas ahí atrás.

Seth gruñó un poco, aunque lo hizo en voz baja y, enseguida, empezó a descargar.

Jenny no estaba segura de qué pasaría a continuación. La última vez que había visto a Billy, él la había besado. Mentiría si dijera que no quería que lo repitiera, aunque tampoco le gustaba mucho tener que estar escondiéndose de la gente. Antes o después, los sorprenderían. Solo le había pasado una vez antes y había tardado años en demostrar que era una mujer madura y responsable. No tenía ninguna gana de volver a pasar por esa experiencia.

—Necesito hablar contigo —dijo Billy.

Por su tono de voz, parecía claro que no iba a devorarla en medio del aparcamiento. El tono rosado del cielo al amanecer se reflejaba en su rostro, dándole un aspecto cálido, tierno.

–¿Eh? –dijo ella, y tomó su taza de té, sin preocuparse de no tocarlo. Luego, se puso de puntillas y le dio un beso en la mejilla–. ¿Va todo bien?

Billy guardó silencio un momento. Jenny esperó, nerviosa, a que dijera algo. Pero él posó los ojos detrás de ella. Las pisadas de Seth se acercaban.

–Sí. Respecto a ese… evento del que estábamos hablando…

¿Se refería a su cita?, se preguntó ella.

–¿Sí?

–Mi hermano quiere hacer una subasta de solteros el mismo día en que subastemos la moto. Los fondos recaudados irían al colegio. Así que nuestro evento tendrá que esperar a después de esta subasta –dijo él de golpe.

Jenny parpadeó, intentando procesar la información. ¿Subasta de solteros?

–¿Bobby quiere venderte?

Jenny no podía creerse que Billy hubiera accedido a algo así.

–No fue idea mía.

Era una excusa y los dos lo sabían. ¿Qué pasaría con la mujer que lo comprara en la subasta? ¿Iría con ellos también cuando salieran?, se dijo ella.

–Pero tú has aceptado.

Hubo un silencio. Seth llegó a descargar la última caja.

–Josey quiere que los chicos y las chicas asistan. Y yo quiero que vengas tú.

–¿Josey está al corriente de esto? Hablé con ella hace un par de días y no me dijo nada.

De pronto, Jenny entendió por qué su prima se

había mostrado tan reservada respecto a la forma en que pensaba recaudar fondos. Iba a tener que dedicarle unas palabras.

Billy se inclinó hacia delante.

—No fue culpa suya —murmuró él—. Yo quería que lo supieras por mí.

Su comentario hizo, por alguna razón, que Jenny se estremeciera. Quizá, el simple hecho de que un hombre se hiciera responsable de algo le resultaba excitante.

—¿Cuándo? —preguntó ella. Era cruel que le pidiera ver cómo otra mujer lo compraba.

—Dentro de tres semanas.

Tres semanas eran mucho tiempo, pensó Jenny. La moto estaría terminada para entonces y ya no vería a Billy a primera hora de la mañana y a última hora de la tarde. Durante esas tres semanas, solo podrían tener conversaciones robadas, intentando siempre que Seth no los sorprendiera y que las cámaras no los grabaran.

La última vez que había estado con un hombre Seth tenía tres años. Cuando el niño empezó a llamar a su novio papá, el tipo se asustó y desapareció.

Llevaba once años sin tener sexo. ¿Qué importaban tres semanas más?

De pronto, una idea le cruzó la mente. Billy le estaba pidiendo que asistiera a la subasta. ¿Por qué no aprovechar la oportunidad? Todavía tenía un poco de dinero ahorrado, que había esperado guardar para que Seth fuera a la universidad. Sin embargo, ya había considerado dedicarlo para mantener su programa de ayuda a adolescentes embarazadas. Si usaba ese dinero para comprar a Billy, sería lo mismo más o menos, ¿no? El dinero iría a su programa de todos modos. Y tendría la oportunidad de tener a Billy para ella sola.

Podía lograrlo, se dijo a sí misma. Tenía el vestido que había usado como dama de honor en la boda de Josey. Era perfecto para mezclarse con la alta sociedad. Era un atuendo ajustado sin mangas, con un ligero escote adornado con pedrería y una raja en la falda por detrás. Era lo más sexy y más elegante que tenía en su guardarropa. Encima, le quedaba bien. Combinado con unos tacones altos, la hacía parecer alta, esbelta y llena de glamour.

¿Qué mejor oportunidad para llevar un vestido tan fabuloso? No pensaba quedarse mirando de brazos cruzados mientras otra se llevaba a Billy. No se rendiría sin luchar.

—Voy con el tiempo justo, Jenny. Si no termino la moto antes de la subasta, estoy perdido. Pero estoy planeando una manera de que nos veamos antes de la subasta. Si consigo acabar la moto, podré tomarme un tiempo libre y podemos hacer algo. Solo… te pido que seas paciente conmigo.

—No puedo esperar para siempre.

Billy la miró sorprendido. Sí, era cierto que ella lo deseaba y que no tenía ningún otro hombre a la vista. Pero tampoco iba a tirarse a sus pies por eso, por muy deliciosos que fueran sus besos.

Los dos se inclinaron hacia delante al mismo tiempo. Billy podía ser más rico, más grande y mucho más peligroso. Pero los dos estaban igualados en esa exquisita y sensual danza. Porque de eso se trataba, de una lenta y excitante danza llena de promesas y esperanzas.

—Te prometo algo, Jenny —le susurró él, rozándole la mejilla con los labios.

A ella se le erizó el vello al sentir su cálido aliento.

—¿Sí? —musitó ella, pegada a él.

Billy dejó escapar un sonido profundo y sensual, parecido al ronroneo de un gato.

—Haré que la espera merezca la pena.

Las semanas siguientes parecían transcurrir con una tortuosa lentitud. Cada vez que Billy la tocaba, el tiempo se detenía. Y eso pasaba todos los días.

Jenny le llevaba té las mañanas en que él iba en moto al colegio. Cuando Billy iba en su furgoneta, era él quien le llevaba una taza a ella. Sus manos se tocaban cada vez, con la excusa de intercambiar las tazas. Por las tardes, ella se asomaba al taller al terminar su reunión con las chicas. Fiel a su palabra, él no hacía nada que pudiera delatarlos, mientras estaban bajo el escrutinio de las cámaras. Nada, aparte de algunas miradas ardientes.

Jenny se estaba volviendo loca. Aquellas suaves caricias y tórridas miradas eran más de lo que había intercambiado con el sexo opuesto durante largo tiempo. Sin embargo, cada día se sentía más frustrada, más ansiosa. Intentó ignorar su deseo, pero le resultaba casi imposible.

La moto que estaban construyendo fue cobrando forma. Una tarde, ya tenía ruedas. A la siguiente, tenía manillas y sillín. Por fin, ocho días antes de la noche del sábado en que sería la subasta, la moto estaba terminada. Solo faltaba la pintura.

Cuando Jenny entró en el taller el viernes por la tarde, Billy estaba hablando por teléfono, mientras Seth limpiaba algo a su lado. Cuando el muchacho la vio, dio un brinco de alegría.

–He sacado sobresaliente en el examen de Historia –informó Seth, ondeando el papel–. La señora Dunne dice que este trimestre me he superado.

–Eso es genial, cariño –repuso ella. Sin embargo, aquella información repentina le hizo sospechar que su hijo quería pedirle algo a cambio. Al mirar a Billy, él la guiñó un ojo.

–Y el examen de Mates de hoy también me ha salido de maravilla –continuó Seth–. La señora Dunne dice que también he mejorado.

–¿De verdad? Eso es genial –contestó ella. Eran las mejores notas que Seth había sacado en mucho tiempo. Entonces, hizo una pausa para mirar la moto–. ¿Cómo vais a pintarla? –preguntó, dando una vuelta alrededor del aparato. Era una moto preciosa. ¿Pero funcionaría de verdad?, se preguntó, pensando que su hijo adolescente había ayudado a construirla.

–Además, ya he terminado el resumen del libro que tenía que hacer para Inglés para el próximo miércoles.

Jenny centró al atención en su hijo.

–¿No me digas? De acuerdo. ¿Qué tramas? Suéltalo.

Seth no dijo nada. La miró como si acabaran de sentenciarlo a muerte.

–Su hijo miró hacia Billy.

–Se pinta llevándola a otro sitio. Tengo material para eso en mi taller. Tenemos que hacerlo allí –señaló Billy.

–¿Y?

–Y pensé que sería divertido para el chico venir conmigo y ver cómo se pinta, ya que ha trabajado tanto para tenerla terminada a tiempo.

Jenny posó los ojos en Seth, que la miraba con cara de cachorrito suplicante.

–¿Puedo, mamá? Por favor.

–¿Dónde está la trampa?

–No hay trampa. Pero está lejos. Por eso, le he preguntado a Josey si los dos os podéis quedar a dormir en su casa el sábado por la noche –contestó Billy con ojos ardientes.

Ella se sonrojó al instante. Sin embargo, no tenía ni idea de qué tramaba Billy.

–¿Los dos?

–Claro. Me gustaría que tú también vinieras –comentó Billy con naturalidad, mientras seguía derritiéndola con la mirada–. Así te enseñaré mi taller.

–Y las motos –añadió Seth, dando saltitos–. Billy dice que podemos ver todas sus motos.

–Josey dice que la llames. Puedes usar mi teléfono –indicó él, tendiéndole el aparato como si todo aquello fuera lo más normal del mundo.

–¿Por qué no tienes teléfono móvil? –preguntó Billy.

Jenny tragó saliva. La verdad era que los teléfonos eran demasiado caros para ella.

–Nunca he necesitado uno –repuso ella, tras un silencio.

Cuando tomó el aparato que él le tendía, Jenny se quedó parada un momento. No tenía ni idea de cómo hacer una llamada. Ni siquiera estaba segura de cómo encenderlo. Había usado alguna vez el móvil de Josey, pero ese era distinto, muy sofisticado y con aspecto de ser carísimo.

Billy se levantó y, sin quitarle el teléfono de la mano, tocó la pantalla hasta que se marcó el número de Josey.

−¿Sí? −respondió Josey.

−¿Qué está pasando?

Josey rio.

−Solo pasa que Billy quiere enseñarte lo que hace cuando no está en la escuela taller.

−¿Y qué es?

−Supongo que tendrás que averiguarlo por ti misma. Ven a pasar el día con nosotros −invitó Josey.

Seth y Billy estaban callados, escuchando con atención la conversación.

−¿Qué me dices? −preguntó Josey−. ¿Quieres?

En el peor de los casos, caviló Jenny, le tocaría dormir en una cama suave y grande, comer algo que otra persona había cocinado y no tener que limpiar después. En el peor de los casos, ella tendría que pasar un rato con su prima y Seth aprendería un poco más sobre la construcción de una moto.

En el mejor de los casos, averiguaría cómo era Billy Bolton cuando no estaba trabajando. Comprobaría cómo era ella misma cuando no tenía que actuar de maestra. Incluso, tal vez, podía olvidar por un momento sus obligaciones de madre.

Seth adoraba a Ben, el marido de su prima, y estaba loco por los videojuegos que tenía en su sala de ocio.

Seth la miraba suplicante. Los ojos ardientes de Billy volvieron a hacer que se le pusiera la piel de gallina.

Jenny arqueó una ceja.

—¿A qué hora tenemos que estar allí?

Capítulo Once

–Tío, para. Me estás mareando.

Billy dejó de dar vueltas en la habitación y se volvió hacia Jack Roy, el pintor. Por lo general, Jack le caía bien. Era unos diez años mayor que él y había empezado a trabajar para su padre cuando él era un niño. Fumador, bebedor, mujeriego y muy buen pintor. En ese momento, estaba sentado en una banqueta, con el pelo recogido con una banda roja y el delantal mal atado a la cintura. Lo único que le cubría el pecho era una vieja camiseta blanca sin mangas y un cordón de cáñamo. Debía de resultarle atractivo a las mujeres, porque iban a subastarlo también.

A Billy no le gustaba. ¿Y si a Jenny le resultaba guapo?, se preguntó, torciendo el gesto.

Jack rio.

–¿En serio? Dijiste que era un niño quien iba a venir a mirar. ¿Por qué estás nervioso como una colegiala?

–Cuidado con lo que dices.

Jack volvió a mirarlo de arriba abajo. Billy se había duchado y se había recortado los bordes de la barba. Incluso se había puesto loción para después del afeitado, algo que no le pasó desapercibido a Jack.

–Oye, ese niño… ¿no tendrá una madre? –inquirió el pintor, y levantó las manos en gesto de rendición–. No te preocupes, lo he entendido. Nada de tirarle los tejos a su madre.

Billy le lanzó una mirada de advertencia.

–Más te vale.

Jack rio.

Entonces, por la pared de cristal que separaba la tienda del taller, Billy vio que la puerta principal de Crazy Horse Choppers se abría. Cass, la recepcionista, se había convertido en una muy buena vendedora. Pero no había nadie más allí. Eran las diez y media del sábado y, probablemente, la mitad de sus empleados seguían en el bar o estaban durmiendo la mona del viernes por la noche.

Jack había acudido solo como un favor personal.

–Ahora vuelvo –anunció Billy.

Cass estaba saludando a Jenny cuando Billy abrió la puerta. Seth estaba dando saltitos como un conejo, como solía hacer cuando estaba emocionado. Billy sonrió al chico. Él también había sido joven y también se había emocionado alguna vez, hacía mucho, mucho tiempo.

–Hola. Lo habéis encontrado.

Jenny abrió mucho los ojos. Billy no pudo descifrar si estaba emocionada, como su hijo, o si solo estaba nerviosa.

Estaba muy guapa. No parecía una aburrida maestra, ni siquiera parecía una madre. Tenía el pelo suelto, llevaba una bonita blusa y vaqueros ajustados. Parecía demasiado buena para él, pero a él no le importaba. Era la mujer que deseaba.

–Nos diste muy bien las indicaciones para llegar, ha sido fácil.

Cass emitió un pequeño sonido burlón. Billy le lanzó una mirada de advertencia.

–Vamos al taller –invitó él a los recién llegados.

Entonces, sin poder evitarlo, Billy posó la mano en la parte baja de la espalda de Jenny, para guiarla. No estaban en el colegio, ni había ninguna cámara filmándolos.

–Jenny, Seth, este es Jack Roy, mi pintor.

Jack hizo una reverencia, el muy ladino.

–Encantada de conocerte –dijo Jenny. Cuando miró a Billy, se dio cuenta de que parecía furioso con Jack.

–¡Qué chulo, mamá! ¿Lo ves? Billy ha desmontado la moto. ¡Ahora toca pintarla!

–Tranquilo, muchacho. Primero, ponte el equipo –indicó Jack, y le lanzó una bata. Luego, le tendió otra a Jenny.

–Yo solo voy a mirar –dijo ella, sin acercarse.

–Entonces, tienes que quedarte en la sala de espera. La pintura suelta demasiados gases.

–¿Gases? ¿Y Seth?

Jack le mostró la mascarilla que tenía preparada para el chico.

–Ah. De acuerdo. Bueno, que lo paséis bien.

Billy la acompañó a la puerta.

–Nos llevará unas horas. ¿Estarás bien? –preguntó él. Le encantaba verla sonreír. Era dulce, tierna y, al mismo tiempo, provocativa. Sobre todo, le gustaba que le sonriera a él y no a Jack.

–Estaré bien.

–Cuando terminemos aquí, iré a casa de Ben.

Billy sabía que no podía acabar la moto con prisas.

Cuando se hacían las cosas con demasiada urgencia, era cuando ocurrían los errores. Y, como Ben no se cansaba de repetir, lo errores costaban tiempo y dinero. Pero, por primera vez en mucho tiempo, quería acabar cuanto antes esa moto. Por primera vez, sus planes no incluían un taller.

Ella le acarició la mejilla. Aunque sabía que podían verlos, Billy fue incapaz de hacer nada más que sumergirse en sus ojos. El resto del mundo carecía de importancia.

Entonces, Jack silbó, Cass rio y Seth gritó que ya estaba listo.

—Hasta esta noche —dijo él.

—Es una cita —repuso ella.

Jenny observó a las tres personas embutidas en batas blancas al otro lado de la pared de cristal. No parecían estar pintando, aunque llevaban máscaras y estaban haciendo muchas cosas. Así que asumió que todo iba bien.

—¿Irás a la subasta? —preguntó Cass.

—Sí. ¿Y tú? —repuso Jenny, poniéndose tensa. No se le ocurrió otra cosa que decir. Cass era el tipo de mujer de aspecto duro que encajaba en una tienda de motos. Llevaba una camiseta de tirantes, un chaleco de cuero y vaqueros gastados. Y parecía capaz de ganar cualquier pelea a puñetazos.

Mientras, Jenny llevaba unos pantalones casi nuevos y su mejor blusa, una lila con grandes flores bordadas y adornadas con cuentas de colores. Se sentía por completo fuera de lugar con aquella ropa que

Josey le había regalado por su cumpleaños. Era la segunda vez en su vida que se la ponía.

–Tengo los ojos puestos en alguien –comentó Cass, clavando los ojos en el taller, al otro lado de la pared de cristal.

Su afirmación le dio un escalofrío a Jenny. ¿No estaría refiriéndose a Billy?

Entonces, Cass rio.

–No. No te preocupes, guapa. No vamos detrás del mismo Bolton –señaló la dependienta, y le dio una palmadita en el hombro.

Jenny hizo un esfuerzo para no perder el equilibrio. ¿Debería preguntarle a Cass qué Bolton le gustaba? No. A veces, era mejor permanecer en la ignorancia, pensó.

–Me alegro –dijo Jenny, cuando entraron unos clientes y Cass se fue a atenderlos.

Cinco horas después, Jenny y Seth estaba subiendo en el ascensor que conducía a casa de Josey y Ben. Ella estaba un poco nerviosa, sobre todo, por la forma repentina en que Billy se había despedido de ellos, montándose en su moto.

–Tengo que hacer una cosa en casa. Nos vemos allí –había dicho él antes de salir pitando.

Cuando el ascensor llegó a su destino, Seth abrió las puertas y salió corriendo.

–¡Ben! ¡Josey! ¡Hoy he pintado una moto!

Ben sacó la cabeza de la habitación que acababa de convertir en dormitorio del bebé, dedicaba mucho tiempo a terminar los últimos detalles.

–Hola. Venid a ver qué os parecen estas estanterías.

Ben estaba esperando. Jenny observó las estanterías.

–Me gustan.

Ben asintió satisfecho y le pidió a Seth que le ayudara con algo.

–¿Qué tal en el taller? –preguntó Josey, asomándose.

–Muy bien. Hemos conocido a Jack, el pintor.

Josey sonrió.

–¿Dónde está Billy?

–Dijo que tenía que hacer algo en casa y que nos encontraríamos aquí –informó Jenny, frunciendo el ceño. Sin embargo, no quería preocuparse más porque la noche se torciera. Posó la mano en el vientre de su prima–. ¿Ya te da pataditas?

–Creo que sí –contestó Josey, radiante, y le colocó la mano debajo del ombligo–. Dímelo tú. Eres la experta.

Al percibir el movimiento del bebé, Jenny se encogió. Hacía quince años, ella no había comprendido que estaba embarazada hasta que esos movimientos se habían hecho más notorios. Le había invadido un miedo terrible al pensar en contárselo a su madre. Había esperado que Rick se hubiera casado con ella y hubieran vivido felices. Cuando eso no había sucedido, todo su mundo se había derrumbado.

Nunca había podido disfrutar de su embarazo, ni había podido tomarse tiempo para saborear aquel milagro de la naturaleza. Había necesitado años para superar la ruptura con Rick y la pérdida de sus años de adolescencia. Todo porque había perdido la cabeza por un chico malo. Bueno, tal vez, Rick no había sido tan malo, pero tampoco había sido bueno. Ella sí había intentado mejorar desde entonces. Había hecho todo lo posible por corregir sus errores.

Jenny estaba contenta por Josey, sí que lo estaba. Pero, en momentos como ese, mientras Ben preparaba con sus manos el cuarto del bebé y Josey empezaba a sentir las pataditas de su hijo, no podía evitar entristecerse por lo que ella no había podido disfrutar.

–Está dando pataditas, sí –confirmó Jenny, obligándose a sonreír–. Dale unos meses y verás. ¿Te acuerdas de cómo daba patadas Seth? Una vez, casi me tiró de la cama.

Josey abrió mucho los ojos. Siempre le había parecido una historia divertida aunque, en ese momento, le dio un poco e miedo.

–Sí…

Entonces, oyeron el ascensor. Jenny se quedó paralizada. Tenía que ser Billy. En parte, quiso salir corriendo a saludarlo. Aquello era una cita, después de todo.

Sin embargo, se detuvo, no tenía ni idea de qué podía pasar a continuación.

–¡Oh! –exclamó Josey, en un tono de voz que delataba que el recién llegado no era lo que había esperado.

Jenny intentó no salir corriendo del cuarto del bebé para verlo, aunque caminó un poco más rápido de lo normal. Billy estaba allí parado con la cabeza inclinada hacia delante. Parecía capaz de atravesar un bar lleno de los moteros más duros sin que nadie se atreviera a rozarlo siquiera.

Jenny había visto esa mirada antes, en la boda de Josey. Entonces, había pensado que debía de tratarse de un tipo furioso con el mundo, alguien peligroso a quien era mejor evitar. No obstante, en ese instante, se fijó en otra cosa. A Billy no le gustaba que todo el mundo se quedara mirándole. Y no le había gustado la exclamación sorprendida de Josey.

Entonces, Jenny comprendió por qué. Billy llevaba unos vaqueros oscuros con aspecto carísimo, y una camiseta color verde mar con un escote en uve. Lo más inusual de todo era la chaqueta que se había puesto encima… y el brillo de sus zapatos, que no eran botas de motero. Además, se había peinado, en vez de llevar el pelo recogido en una cola de caballo como siempre. Estaba imponente.

Cuando sus miradas se entrelazaron, la temperatura de Jenny subió varios grados. Billy había ido a su casa a cambiarse para ella. Y ella apreciaba el gesto. Vaya, había merecido la pena.

Entonces, se fijó en las dos pequeñas cajas que él llevaba debajo del brazo. Una era de color cartón, la otra tenía un lazo.

—Tuve que ir a buscar esto para vosotros —indicó Billy, tendiéndole una caja a Seth y la del lazo, a Jenny.

—¿Regalos? ¡Genial! —exclamó Seth, de inmediato, abriendo el suyo.

Jenny tomó la cajita que le correspondía de la misma manera que tomaba la taza de té de su mano. Sus dedos se rozaron, incendiando la piel y el aire.

—No tenías por qué regalarnos nada.

—¡Un teléfono! —gritó Seth, sacando a su madre de

su ensimismamiento–. ¡Nos has regalado teléfonos? ¡Tío, es genial!

–¿Nos has comprado teléfonos? –preguntó ella, atónita al ver el suyo. Era como el que tenía Billy. Debía de haberle costado un montón de dinero, pensó.

–Necesitas uno –dijo él, y se sonrojó–. Para llamar a Josey.

Si hubiera estado a solas, lo habría besado. Le habría dado un beso largo y profundo, deseando que les llevara a algo más.

Pero no estaban solos y la realidad era inevitable.

–No puedo devolverte el regalo ahora mismo –comentó ella. Y, menos aun, cuando la subasta estaba a la vuelta de la esquina y pensaba gastar los pocos dólares que le quedaban en comprarlo.

–No quiero que me devuelvas nada. He contratado un plan de llamadas para un año. El niño necesitará tener móvil cuando salga de la reserva el año que viene para ir al instituto. Además, se lo ha ganado.

Jenny quiso protestar, alegar que no quería que se gastara tanto dinero en ellos. Pero Seth se adelantó, lanzándose a darle un abrazo a Billy.

–¡Gracias, gracias, gracias! ¡Es genial!

Billy le dio unas palmaditas al chico en la cabeza.

–De nada, muchacho. Llámame cuando quieras volver al taller.

Cuando Seth se hubo ido a la cocina con sus anfitriones, se hizo un incómodo silencio. Jenny sabía que tenía que decir algo, pero se había quedado sin palabras. Nadie le había hecho un regalo tan extravagante y caro.

–No hacía falta que me compraras un teléfono.

–No te gusta –dijo él, sonrojándose un poco más.

–No es eso –se apresuró a explicar ella. No quería ofenderlo–. Es lo más atento que nadie ha hecho conmigo nunca –añadió. Se puso de puntillas y lo besó en la mejilla, justo encima de la barba–. Gracias.

Billy la abrazó de la cintura, le tomó una mano y se la llevó al pecho, justo encima del corazón. A ella le temblaron las rodillas.

–Estás preciosa –murmuró él con voz ronca y sensual.

Derritiéndose, Jenny se apretó contra él. Sus ojos estaban incandescentes de deseo. Sin palabras, ella rogó que la besara.

Entonces, su caja con lazo y todo, que todavía no había abierto, sonó.

–¿Mamá? –llamó Seth desde la cocina–. ¿No vas a responder? ¿Mamá?

Con una mirada de resignación, Jenny bajó la vista. Le sorprendió que Billy no protestara por la interrupción de su hijo. En vez de eso, se limitó a sonreír.

–Esto no quedará así –prometió él, y la soltó.

–Más te vale –advirtió ella.

Capítulo Doce

La cena se le hizo interminable. Tuvo que conformarse con sentarse enfrente de Jenny. La comida estaba rica pero, aun así, cuando Jenny le dijo a su hijo que ayudara a recoger la mesa y Ben propuso una partida de billar, Billy se desesperó.

Jenny sonrió y se sonrojó, sin quitarle los ojos de encima.

–Buena idea.

–Sí, buena idea –repitió Billy.

Así fue como se encontró jugando al billar con Jenny, contra Ben y Seth, mientras Josey los observaba desde el sofá.

Jenny era malísima. Por suerte, Seth era todavía peor.

–Eh, Seth, ¿sabes que tengo la última versión de Call of Duty?

–¡No me digas! Mamá, ¿puedo jugar?

–Supongo que sí. Pero solo un rato. Tienes que acostarte a una hora razonable.

Seth no se quedó a escuchar la última parte de la frase. Corrió a la sala de televisión, seguido de Ben.

Josey se quedó un rato más sentada antes de excusarse.

–Estoy cansada. Creo que meteré los platos en el lavavajillas y me iré a la cama.

Las mujeres intercambiaron una de esas miradas femeninas antes de que, por fin, Billy y Jenny se quedaran a solas.

–No tenemos que jugar al billar, si no quieres.

Ella se sonrojó.

–No se me da muy bien…

–Sujetas mal el palo –señaló él y, sin darle tiempo a responder, se acercó y la agarró por detrás–. Dame. Te enseñaré.

Billy no se molestó en mantener una distancia prudencial. Llevaba demasiado tiempo esperando ese momento. Nada de cámaras, ni familia, ni colegio.

A ella se le tensó el cuerpo. Él le apartó el pelo del cuello antes de susurrarle al oído.

–No haré nada que tú no quieras, Jenny –prometió Billy. Para mostrarle que no mentía, tomó el palo de ella–. No sé por qué levantas el dedo índice cuando lo tienes en la mano. Debes dejarlo descansar de esta manera.

Jenny no dijo palabra, mientras él se inclinaba con ella hacia delante y colocaba el palo en posición sobre la mesa, para ayudarla a apuntar.

Sentir el cuerpo de ella estaba haciendo que se le nublara la mente. Una tremenda erección lo sorprendió, justo donde ella tenía apoyado el trasero. Si fuera un hombre respetable, la felicitaría por la tirada, quizá le ofrecería algún consejo más y, sobre todo, se apartaría de ella.

Sin embargo, no era respetable.

Billy deslizó una mano por la cintura de ella, bajo la curva de sus pechos, y la sujetó con más fuerza.

–No creo que esto sea justo –susurró Jenny con voz sensual.

–No he dicho que lo fuera.

Ella se apoyó hacia atrás y le recorrió el pelo con la mano.

–Tu hermano está en la habitación de al lado.

Sin poder resistirse, Billy subió la mano unos centímetros y la posó en uno de sus pechos.

Ella exhaló, levantando los labios hacia él.

Cuando sus bocas se encontraron, a ella se le endureció el pezón bajo su contacto. El cuerpo de él reaccionó de la misma manera. Nunca había deseado tanto a una mujer. En ese momento, mientras se mordía los labios con suavidad, estaba a punto de volverlo loco.

Jenny se volvió entre sus brazos, lo que mejoró y empeoró las cosas al mismo tiempo. Él la levantó y la sentó en la mesa de billar. Ella abrió las piernas. Sin poder evitarlo, él se colocó entre ellas y le sujetó del trasero para que no se cayera hacia atrás. Y para algo más. Apretándola contra su erección, la empujó hacia delante.

Jenny echó la cabeza hacia atrás con un suave gemido. Era justo así como quería estar con ella, se dijo Billy. Y, por la forma en que le clavaba las uñas en la espalda, a ella le sucedía lo mismo.

–Jenny. Dime qué quieres –pidió él con voz ronca. Le había prometido no hacer nada que ella no quisiera. Y un hombre debía cumplir esa clase de promesas.

–Yo…

–¡Oh, tío! ¡No es justo!

El sonido de la voz de Seth desde la sala de televisión hizo que Billy volviera de golpe a la realidad. Había estado tan embobado que había estado a punto de tomarla en la mesa de billar de su hermano.

Jenny lo miró con los ojos muy abiertos, obviamente llegando a la misma conclusión. Lo empujó hacia atrás.

–¿Es esto una cita?

–No –negó él con una sonrisa.

–¿No?

–Si esto fuera una cita, estaríamos solos y yo te quitaría los vaqueros, te tumbaría en esta mesa de billar y no pararía hasta que gritaras mi nombre –confesó él.

–¡Otra! –pidió Seth a lo lejos.

–Ya está –repuso Ben.

Ah, sí. No era una cita porque no estaban solos. Eso era.

–¿Y cuándo vamos a salir solos, Billy? –le preguntó ella en un susurro, acariciándole el pecho.

–Después de la subasta de solteros –contestó él. Solo faltaba una semana.

–No sé si podré esperar tanto.

Billy la rodeó con sus brazos.

–Haré que merezca la pena –dijo él. Esperaba estar haciendo lo correcto al ocultarle la sorpresa que tenía preparada para su primera cita.

Jenny lo apartó y, con el sonido de los videojuegos retumbando desde la habitación contigua, Billy no tuvo más remedio que dar un paso atrás.

–¿Qué hacemos hasta entonces?

Buena pregunta. ¿Qué podían hacer, si no podían tener sexo?

–Bueno…

Al posar los ojos en ella y encontrarla pensativa, se preguntó cuándo había sido su última vez.

Jenny respiró hondo y fingió tener la situación controlada.

–Podemos ver una película. Mucha gente hace eso.

Sí, Billy se acordaba. Había ido con Ashley al cine en el instituto. No recordaba ninguna película... lo que recordaba era haber aprovechado para hacer otras cosas en la oscuridad.

No tenían niños a su alrededor, ni cámaras grabando. Él llevaba semanas esperando ese momento. Así que pensaba aprovecharlo y sacarle partido al máximo a la oscuridad.

El problema era que Jenny no parecía la clase de mujer que dejaba que las cosas subieran de tono cuando las luces se apagaban. Quizá, lo abofetearía cuando le pusiera las manos encima. Y a él le iba a costar mucho no intentarlo.

–Bien. Una película.

A Jenny se le iluminó la mirada.

–De acuerdo. Mandaré a Seth a la cama.

Seth se fue a acostar gruñendo, pero a Jenny no le importaba. Eran las diez de la noche. Ben también les había dejado solos, al enterarse de que Josey se había ido a la cama.

Jenny se sentó en el sofá, mientras Billy comprobaba qué películas había. Ella estaba nerviosa. No le importaba qué película ver. Cualquier cosa estaba bien, con tal de que apagaran las luces.

Después del beso en la mesa de billar, no sabía qué esperar. Los dos, solos en la oscuridad... Cielos, quería otro beso como ese, pero... pero...

Era una mujer respetable y responsable, se recordó a sí misma. No podía perder la cabeza por un hombre. Ni siquiera por Billy.

Él puso una película y se sentó a su lado. Deslizó un brazo por su hombro para que ella se acomodara.

—Me siento como un adolescente –susurró él.

Deseaba a Billy de una manera que no tenía nada que ver con los tonteos de la adolescencia.

Era una contracción desesperante.

Billy no dijo nada hasta que empezó la película. Pero, nada más que comenzó el primer diálogo, inclinó la cabeza y la besó en la frente.

—Quiero verte cuando termine mi trabajo en la escuela.

—Mencionaste que podíamos quedar para salir después de la subasta –comentó ella, acurrucándose en su fuerte y cálido pecho.

—Más que eso.

Cuando Billy la besó en la boca de nuevo, un húmedo calor le inundó la entrepierna a Jenny, haciéndole imposible pensar. Para colmo, él empezó a acariciarle los pezones con la pericia de un experto. El deseo que despertaba en ella era mucho más ganas de tener sexo. Deseaba a Billy. Casi lo necesitaba con desesperación.

Él bajó la mano a los pantalones de ella, hasta posarla en su parte más íntima.

—¿Quieres que siga?

Jenny se apretó contra su mano, contra la presión de su dedo. Quiso renunciar a todo, a todo lo que tanto había luchado por conseguir. Ya no le importaba seguir siendo una buena madre, una buena maestra, una buena hija. Solo le importaba sentir el contacto de Billy.

Él la frotó con suavidad, haciéndola estremecer.

–Dime que quieres que siga, Jenny –ordenó él con tono firme.

–Sí.

Jenny no supo si lo había pensado o si lo había dicho en voz alta, cuando él continuó con la deliciosa presión. El clímax sacudió su cuerpo, mientras él seguía tocándola.

Jenny quería más. Quería recuperar todo lo que se había perdido en los últimos once años. Necesitaba más.

–No se me dan muy bien las relaciones –murmuró él con voz grave y ronca.

Estremeciéndose al sentir su cálido aliento, Jenny sonrió.

–Yo tampoco tengo práctica.

–Quiero intentarlo contigo.

Jenny no dijo nada. No fue necesario. Solo lo besó.

Jenny se acurrucó en su cuerpo cálido y fuerte y, envuelta en placer, se quedó dormida. Cuando abrió los ojos, entró en pánico. Seth estaba de pie a su lado. Billy estaba dormido en el sofá, debajo de ella. ¿Estaban vestidos? Sí, gracias al cielo.

–Hola… chicos.

Seth tenía una expresión curiosa. Sobresaltada,

ella intentó incorporarse, pero Billy la estaba abrazando con fuerza. Tenía una mano puesta en la parte baja de su espalda.

Y estaban delante de su hijo.

–¡Seth! –exclamó ella, presa del pánico–. Um… yo… nosotros… ¿Qué tal has dormido? ¿Quieres desayunar?

Seth no dijo nada. Siguió mirándolos atónito. Detrás de él, la pantalla de televisión seguía encendida.

–Chico –dijo Billy–. ¿No sabes que no debes despertar a un hombre hasta que el café esté listo?

Entonces, pasó algo de lo más inesperado.

–Lo siento –se disculpó el chico.

–Ve a la cocina a ver si ya está –ordenó Billy–. Cuando me haya levantado y arreglado, te mostraré mis motos.

Seth titubeó un momento.

–De acuerdo.

Al menos, la cocina estaba en la otra punta de la casa. Seth tardaría un poco en volver.

Jenny intentó sentarse de nuevo, aunque Billy se lo impidió.

–Buenos días, preciosa –saludó él y, sin abrir los ojos, la besó–. Me gusta despertarme contigo. No te preocupes por el chico –dijo Billy, abrazándola, y se sentó. Seis días más –susurró él, tras besarla en la mejilla.

Faltaban seis días para la subasta de solteros. ¿Y después de eso? Después, podrían salir juntos.

¿Cómo iba a ser capaz de esperar?, se dijo Jenny.

Capítulo Trece

Fueron los seis días más largos en la vida de Jenny. Solo vio a Billy los tres primeros. Luego, con la moto terminada, acabaron también las grabaciones en la escuela.

En esos tres días, ni siquiera habían podido estar a solas. Billy la había besado en la mejilla cuando le había regalado una entrada para asistir a la subasta. La admisión costaba cien dólares.

–Quiero que vengas –había dicho él cuando ella había intentado protestar.

Los días que pasó sin verlo se le hicieron todavía más largos. El sábado por la mañana, sin embargo, pasó volando. Su madre le rizó el pelo, ella se puso su vestido de dama de honor, recogió a Seth y a otros chicos en la furgoneta de la escuela y se dirigió al lugar del evento, en Rapid City.

En el pequeño monedero que llevaba en el pecho tenía setecientos cuarenta y tres dólares, todo el dinero que tenía ahorrado. No tenía ni idea de cuál era el precio de salida de Billy, pero no podía hacer más.

Los chicos estaban todos emocionados, muy guapos con los trajes de chaqueta y las pajaritas que Josey les había llevado. Josey quería que estuvieran presentes en la fiesta, para que todo el mundo pudiera conocer a los muchachos a quienes ayudarían con su dinero.

Todos los miembros del ayuntamiento de la ciudad estaban allí, junto con unas cuantas estrellas de la pantalla a las que había invitado Bobby y varios grandes empresarios del estado y los estados vecinos. Incluso Sandra, la madre de Josey, parecía nerviosa.

–¡Una subasta de solteros! ¿Quién iba a decir que asistiríamos a algo así?

–Nadie –tuvo que admitir Jenny.

–¿Estás nerviosa, cariño? –preguntó Sandra.

Jenny se obligó a respirar.

–Solo espero que nada salga mal –repuso Jenny, y se forzó a dejar de tocarse el pelo.

–Puedo ocuparme yo de los chicos –se ofreció Sandra–. Tú diviértete.

¿Divertirse? Jenny lo dudaba. No había estado tan nerviosa en su vida.

Lo que más temía era la posibilidad de que el hombre que quería llevarse a casa acabara yéndose con otra mujer. Billy le había prometido una cita. ¿Cómo iba a resistir que él se fuera con otra?

Cuando llegaron a la sala de eventos, todavía faltaba una hora y media para la subasta. Pero todo bullía de actividad. Jenny reconoció al equipo de grabación del colegio, pero ellos no eran los únicos que llevaban cámaras. Contó cuatro canales diferentes de noticias locales. Bobby había preparado una alfombra roja, por la que paseaba la flor y nata de la alta sociedad de Dakota del Sur, ante los flashes de los fotógrafos.

Con un esmoquin que le sentaba como un guante, Bobby dejó un momento su puesto en la alfombra roja, donde había estado saludando a los recién llegados, para acercarse a ellos. Los muchachos lo rodearon.

–¡De acuerdo, campeones, venid conmigo!

Bobby los guio dentro y, diez minutos después, tenía a todos los chicos practicando fórmulas de saludo para la gente que sacaría a su colegio de la bancarrota. Luego, llamó a Seth y le encargó que fuera a ayudar detrás del escenario.

Jenny intentó relajarse, pero no era fácil. Bobby estaba tan irritante como siempre, diciéndole que estorbaba donde se pusiera. Josey se acercó a saludarla, pero estaba demasiado ocupada con unos problemas de último momento como para ayudarla a calmarse. Hasta Sandra desapareció. Iba a dar una especie de discurso de bienvenida y tenía que practicar.

Mientras vigilaba a los chicos, Jenny buscó a Billy con la mirada.

Bobby volvió a acercársele y la mandó a sentarse en una mesa un poco alejada del tumulto.

–Es una pena que no puedas salir ante la cámara –comentó Bobby con su sonrisa de vendedor de coches usados–. Esta noche estás preciosa.

–Gracias. Es impresionante todo lo que has organizado.

Bobby esbozó una sonrisa más humana que de costumbre.

–Gracias, Jenny. Espero que consigamos toneladas de dinero para el colegio esta noche.

Entonces, Bobby se marchó a perder el tiempo con alguien más importante que ella.

La sala estaba llena. Las mujeres llevaban elegantes vestidos de fiesta. El bullicio no hacía más que aumentar, mientras la caja de la entrada cobraba más y más entradas.

Con el estómago encogido, Jenny intentó valorar a su competencia. La mayoría de las mujeres actuaban como si estar arregladas de ese modo fuera lo más normal para ellas. Parecían también hambrientas de cazar a un hombre.

Ella no tenía ninguna oportunidad, pensó.

Entonces, Cass, la recepcionista de Crazy Horse Choppers, se sentó a su lado. Tenía el pelo recogido en un moño francés y llevaba un despampanante vestido ajustado largo.

–¡Cass! ¡Qué guapa!

Cass le guiñó un ojo y sonrió.

–Espero que consigas a tu hombre, tesoro.

–Y tú también –repuso Jenny.

Cass sonrió y comenzó a conversar con ella, contándole cosas de las invitadas. Cuanto más sabía Jenny, más preocupada estaba. Esas mujeres no eran ricas, eran increíblemente ricas.

La iluminación bajó y los focos señalaron al escenario. Delante de un telón rojo de terciopelo estaba la moto que Seth había ayudado a construir. Bobby Bolton salió y la multitud aplaudió. Hizo algunos comentarios para presentar a los hombres que serían subastados y presentó a Sandra, que habló diez minutos sobre la escuela y sobre el destino de los beneficios que sacaran esa noche.

A Jenny le sorprendió el énfasis que Sandra puso en los programas extraescolares, el suyo y uno que Don quería empezar con los chicos.

Cuando Sandra terminó, Bobby volvió al escenario y empezó la subasta.

Jenny no conocía a ninguno de los hombres que

salieron primero. Después de que hubiera las primeras adjudicaciones, comprendió que no iba a tener bastante dinero para su propósito. Un tipo con una cola de caballo, corbata y chaqueta de cuero había sido vendido por novecientos dólares. Jack Roy salió por más de mil. Cielos, Don Dos Águilas alcanzó la nada despreciable cifra de seiscientos.

—Señoras, ahora un verdadero diamante en bruto... ¡Bruce Bolton! —anunció Bobby.

El público se volvió loco en aplausos.

Cuando salió al escenario, el padre de los tres Bolton parecía el increíble Hulk con esmoquin. Sonrió a las mujeres que lo vitoreaban desde el público. Posó y paseó mientras el presentador hacía bromas sobre su atractivo.

Cuando la subasta comenzó, a Jenny le sorprendió que Cass pujara los primeros cincuenta dólares. Y siguió pujando, dejando a sus competidoras fuera de combate. Al fin, consiguió a su hombre por nada menos que mil ochocientos cincuenta dólares.

—¿Has comprado a Bruce? —le susurró Jenny, atónita, mientras Cass daba un palmetazo victorioso en la mesa.

—Ese tipo lleva dándome órdenes durante años. Es hora de cambiar las tornas.

Jenny decidió que era mejor no preguntar a qué se refería Cass, que se levantó eufórica a recoger su premio.

El resto de la velada pasó volando, con un desfile de hombres guapos y pujas increíblemente altas.

Jenny intentó alegrarse por todo el dinero que se estaba recaudando. Todo iría al colegio y a su programa de madres adolescentes. Debían de tener ya, al menos, treinta y cinco mil. Y todavía no habían subastado la moto.

Era genial. Maravilloso. Pero Jenny estaba al borde de las lágrimas. El fin se acercaba. Bobby se subastó a sí mismo. Guiñó el ojo, lanzó besos y se meneó como un *sex symbol* mientras las pujas subían y subían.

La ganadora, una pelirroja que estaba celebrando su victoria a todo tren, había pujado cinco mil dólares.

Cielo santo. Antes de que Jenny pudiera digerir la cifra, Bobby tomó el micrófono.

–Ahora, señoras, el momento que todos estamos esperando… ¡El hombre del momento! ¡Billy Bolton!

El hombre que entró en el escenario no parecía Billy. Era alto y fornido, sí, y tenía el pelo moreno. Pero ahí acababa todo el parecido. Llevaba el pelo cortado y ondulado. No llevaba barba, lo que resaltaba más su poderosa mandíbula. Llevaba un traje de chaqueta gris, sin pajarita, y una camisa blanca con los dos botones de arriba desabrochados. Después de dar dos pasos sobre el escenario, giró sobre sí mismo y clavó los ojos en ella.

Jenny se quedó sin aliento. Billy parecía feroz y salvaje, pero ella sabía que era solo una fachada para ocultar su inseguridad.

Bobby abrió la subasta por quinientos dólares, una cifra que creció más deprisa que el pie de un adolescente. El presentador abandonó las pujas de cincuenta en cincuenta dólares que había usado con el resto de los subastados y las subió a doscientos dólares. Aun así, llegaron a los cinco mil dólares en cinco minutos y, al menos, cuatro mujeres seguían luchando por él.

¿Cómo había podido pensar que con setecientos cuarenta y tres dólares tenía algo que hacer?, se dijo Jenny, sintiéndose ridícula.

Billy parecía sentirse tan mal como ella. Llevaba largo rato allí de pie, con aspecto de estar incómodo. Por él, ella deseó que acabara cuanto antes la subasta, para que pudiera bajar del escenario.

La puja de seis mil dólares echó de la carrera a otra de las competidoras. Aunque era como poner sal en la herida, Jenny intentó ver quién eran las tres restantes.

Una era una belleza morena con un vestido escotado y ajustado. Otra era una rubia exuberante. Pero no podía ver a la tercera.

Si hubiera podido comprar a Billy, su sueño se habría hecho realidad, se dijo Jenny, hundida. Habría podido, tras más de una década de sequía, sumergirse en el placer de estar entre sus brazos. No habría tenido que esperar a una cita que nunca llegaba. Se habría acostado con él y habría gritado mil veces de gozo. Se habría dormido entre sus brazos y se habría levantado en el mismo sitio, sin que su hijo los hubiera estado observando.

Entonces, posó los ojos en las otras dos mujeres a la vista. Billy podía hacer eso mismo con cualquiera de ellas. Intentó tranquilizarse pensando que él no haría tal cosa, pues ya había empezado algo con ella. Sabía que no podía competir con aquellas bellezas. ¿Sería él lo bastante fuerte como para resistirse a sus encantos femeninos? Alcanzaron los siete mil dólares. La mujer morena se retiró, con aspecto disgustado. Pero la rubia seguía pujando contra otra competidora que ella no conseguía ver.

Todo el público contenía el aliento, mientras las pujas se acercaban a los ocho mil dólares. La rubia parecía a punto de quebrarse. Cada vez tardaba más tiempo en decidirse a ofrecer la siguiente puja. Su competidora, sin embargo, no dejaba de subir el precio.

Entonces, todo terminó. La rubia no pudo superar la cantidad de nueve mil dólares. Billy fue para la tercera competidora, que Jenny seguía sin ver. Quizá fuera mejor así, no saber qué aspecto tenía la mujer que le había quitado a Billy, se dijo.

Solo quedaba subastar la moto. Ben la sacó al frente del escenario. Jenny intentó prestar atención, sobre todo, porque los muchachos de la escuela salieron también al escenario, Seth al frente de todos. Billy seguía allí y parecía aliviado porque hubiera terminado la subasta. Le puso el brazo por encima de los hombros a Seth y posaron juntos con la moto.

La moto era perfecta. Seth miró a Billy con admiración y agradecimiento. Jenny no sabía si Billy podría ser un buen padre, pero se había ocupado de su hijo, había sido fiel a su palabra y había superado todas sus expectativas con creces.

Sí, todo era perfecto. A excepción de que otra mujer se llevaría a su hombre esa noche.

Después de las fotos, los muchachos bajaron del escenario y empezó la subasta. Billy estaba detrás de las moto, con las manos en el manillar. Intentaba sonreír, obviamente, siguiendo las instrucciones de Bobby, aunque su sonrisa más bien parecía una mueca.

Tenía que irse, pensó Jenny. No quería quedarse para ver quién ostentaba la puja ganadora de Billy. Quizá, unos días después, podía llamarlo con su teléfono nuevo.

La moto fue vendida por casi treinta mil dólares, un precio impresionante. En toda la velada, se habrían recaudado unos setenta y cinco mil dólares para el colegio. Jenny podría mantener su programa para adolescentes y ofrecerles algo de comer, incluso, podría darles algo de dinero para cuidados prenatales y más cosas que todavía no se le habían ocurrido. Debería estar emocionada.

Pero se encontraba hundida.

Cuando se levantó para ir a buscar a los chicos, alguien la agarró del brazo.

–Ven conmigo –indicó Cass con tono autoritario.

–Los chicos…

–Tienes que presentarte en el mostrador de recepción.

Cass se abrió paso entre la multitud, llevando a Jenny con ella.

Al llegar a la zona de recepción, encontraron a Josey, que estaba cobrando en la caja a los ganadores de las pujas, acompañada de Livvy.

–Ah, aquí estás –dijo Josey y, agarró una hoja de papel con un sello–. Toma –dijo–. Y esto, también.

–¿Qué? –repuso Jenny, mirando el recibo que le había entregado, por un valor de ocho mil setecientos cincuenta dólares. Miró a Josey–. ¿Qué es esto?

–No te preocupes por Seth. Mamá y yo nos ocuparemos de los chicos. ¡Pásalo bien!

–¿Qué? –repitió Jenny, mirando atónita el recibo.

Era la cantidad por la que había sido vendido Billy. ¿Qué significaba todo aquello?

Entonces, un murmullo se cernió sobre la multitud. Llena de confusión, Jenny levantó la vista y vio a Billy, acercándose. Llevaba la cabeza baja, como un toro listo para embestir.

Todos los ojos estaban puestos en él. Y en ella.

–¿Lista? –preguntó Billy con voz ronca.

–¿Qué? –volvió a repetir ella, sin comprender.

–Me has ganado, ¿no? Es hora de disfrutar de tu cita –afirmó él con una sonrisa victoriosa.

La ausencia de barba hacía más fácil ver sus labios. Y le hacía mucho más sexy, también.

Los presentes comenzaron a cuchichear, llenos de curiosidad.

–¿Ahora? –preguntó Jenny, levantando los ojos hacia Billy.

–Ya se ha acabado la subasta, ¿no? –replicó él con una pícara sonrisa.

Jenny se estremeció de excitación. A pesar de las miradas celosas que percibía a su alrededor, a su lado, se sentía más segura que nunca.

Perpleja, Jenny volvió a contemplar el recibo que llevaba en la mano. «Pago completo», decía.

Entonces, comprendió.

–¿Tú?

–Yo –repuso Billy. Y la guio a la salida.

Capítulo Catorce

Billy la llevó hasta su moto sujetándola de la muñeca. La moto tenía un asiento extra en la parte trasera, con respaldo incluido.

–Lo tenías todo planeado, ¿verdad?

–Te dije que saldríamos juntos después de la subasta –repuso él, y la tomó entre sus brazos–. El momento ha llegado.

–¿Por qué no me lo dijiste?

–Era una sorpresa.

¿Eran imaginaciones suyas o él se había sonrojado al decirlo?, caviló Jenny.

–Y no queríamos que Bobby lo descubriera.

Eso estaba claro. Jenny no quería que Bobby se inmiscuyera en su relación.

–Bueno, pues me has sorprendido –afirmó ella. Y era poco decir.

Billy le acarició el rostro y le apartó el pelo de los hombros. Le recorrió los brazos con los dedos, haciendo que se le pusiera la piel de gallina.

–Vas a enfriarte –dijo él, y se quitó la chaqueta.

Jenny se quedó sin respiración. Le había visto el pecho desnudo en una ocasión y lo había visto con camiseta, con y sin chaleco de cuero, muchas veces. Pero su ancho pecho contenido en una impecable camiseta bastó para hacerle olvidar lo mal que lo había pasado durante la subasta. Toda la confusión, la ansiedad y la depresión fueron sustituidas por un intenso deseo.

Billy se había tomado muchas molestias para manipular la subasta a su favor… y se había desprendido de casi nueve mil dólares para pasar una noche con ella. Y no había ninguna cámara a su alrededor.

Billy le colocó la chaqueta sobre los hombros y ella metió los brazos. Le estaba muy grande, pero le daba calor y olía a él, a viento y a cuero. A continuación, él se sujetó el pelo en una cola de caballo y le entregó a Jenny una goma para que se lo recogiera.

El casco que después le tendió le quedaba a la perfección, otra muestra de lo mucho que lo había planeado todo. Jenny no había montando casi nunca en moto, pero no era momento para acobardarse. Tomando aliento, miró la moto, se miró el vestido e hizo lo único que podía hacer… se subió la falda casi hasta las caderas y deslizó una pierna sobre el asiento.

Contemplándola, Billy dejó escapar un sensual gruñido. Sin decir palabra, se montó también.

–Agárrate.

Jenny obedeció con gusto. Lo abrazó del pecho por detrás, sumergiéndose en su calor y su fuerza. Él arrancó y salió despacio del aparcamiento.

Ella no sabía adónde iban. Cuando Billy apretó el acelerador y el viento sopló sobre ellos como si estuvieran volando, ella se apretó contra su cuerpo.

En un semáforo, Billy frenó, echó la mano hacia atrás y la posó en la pierna de ella. Al sentir su mano en la piel, Jenny se estremeció.

Al instante, continuaron su camino, cada vez más

rápido. La calidez de la espalda de Billy cortaba el aire fresco de la noche. De todas maneras, ella estaba demasiado excitada como para tener frío.

La vibración de la moto entre las piernas llenaba su cuerpo de deseo. Once años. Era el tiempo que había pasado desde la última vez que había estado con un hombre. Llevaba once años sin ser egoísta, sin pensar en ella misma. Por otra parte, no era la misma jovencita alocada del pasado. Nunca había tenido sexo siendo adulta, ni con un hombre tan capaz y tan seguro de sí mismo como Billy. No le importaba que su reputación fuera la de un salvaje. Ella quería estar con él y no le cabía duda respecto a eso. Nunca había estado tan segura de algo.

Desde que Billy había irrumpido en su vida, todo había dado un vuelco para ella.

Apoyando la cara en su espalda, inspiró su olor a hombre y a cuero. Le palpó el musculoso pecho con los dedos, sin soltarlo. Estaba deseando quitarle esa camisa y tocarle la piel.

Pero no parecían llegar nunca. A lo lejos, se veían luces de casas, aunque Billy no se dirigía hacia allí. Llegaron hasta tres puertas de garaje. La de en medio se abrió y, cuando entraron con la moto, se cerró tras ellos.

Cuando Billy sacó el pie y la moto se inclinó hacia la izquierda, Jenny se agarró a su pecho para no caerse.

–Te tengo –dijo él–. ¿Te puedes poner de pie?

Jenny asintió, a pesar de que Billy no podía verle la cabeza, pues estaba a su espalda. Después de quitarse el casco, ella se lo tendió y él lo colgó del manillar. Despacio, sacó una pierna de la moto y se bajó. Sin embargo, le fallaron las rodillas y estuvo a punto de perder el equilibrio.

–¿Estás bien? –preguntó él, sujetándola, con una sonrisa.

–Sí.

El momento de incertidumbre había llegado a su fin. Jenny sabía con exactitud qué quería que pasara. Se acercó a él, colocándose a caballo en su muslo derecho.

–Te has afeitado –comentó ella en un susurro, acariciándole la mejilla.

Billy la sujetó con más fuerza.

–¿Te gusta?

–Te da aspecto respetable.

Billy arqueó las cejas, la sujetó de la cintura y la sentó a horcajadas en su entrepierna. Al sentir la presión de su erección, ella se estremeció y se inundó de húmedo calor.

Sin pensarlo, ella se apretó con él, ansiando más.

–El problema es que no soy tan respetable –señaló él con tono pícaro.

Todavía seguían en la moto. Él la miraba, impotente y sexy. Cuando le levantó el vestido un poco más y deslizó las manos por sus muslos, ella se olvidó de su propio nombre.

–Promesas, promesas –susurró ella, aferrándose a su camisa blanca.

Las manos de él llegaron a sus braguitas y se detuvieron allí para explorar. Eran las braguitas más bonitas que tenía, color rosa pálido con lunares marrones. ¿Y si a él no le resultaban lo bastante sensuales?

Billy le recorrió el trasero, las caderas y, luego, se acercó a su parte más íntima. Lo único que le impedía el acceso era su propio muslo, sobre el que ella estaba montada.

–Te prometí una cosa –dijo él, y deslizó las manos debajo de ella, hasta sujetarle ambos glúteos por debajo de las braguitas.

A Jenny le daba vueltas la cabeza, mientras intentaba pensar. Pero pensar era muy difícil en su situación. ¿Qué había dicho? Necesitaba acordarse. Entonces, cayó en la cuenta.

Billy le había prometido que la espera merecería la pena.

–Sigo esperando.

Una rápida sonrisa atravesó el rostro de él, aunque fue enseguida eclipsada por su ardiente mirada. Le levantó la pierna y le tocó en el punto que ella más ansiaba.

Jenny soltó un grito sofocado, sintiendo la deliciosa fricción. Solo la fina tela de sus braguitas los separaba. Los movimientos eran suaves y pequeños, pero el ritmo de sus cuerpos entrelazados era lo más placentero que había sentido nunca.

Todo el tiempo, Billy la observaba con gesto de intensa concentración.

–Eres muy hermosa –dijo él, mientras la tensión sexual escalaba peldaños de gigantes.

Entonces, el último atisbo de pensamiento coherente la abandonó cuando él apoyó su frente en la de ella.

–La primera vez que te vi en la boda, me quedé impresionado por tu belleza. Igual que ahora.

Cuánto necesitaba Jenny escuchar aquello. Y cuánto necesitaba creerlo. Algo dentro de ella se rindió, a merced de su mano, de sus movimientos. El orgasmo la atravesó como un choque de coches a cámara lenta, dejándola como si la hubieran noqueado. Al mismo tiempo, se aferró a él, jadeando. Podía sentir sus dedos en el trasero, donde todavía la estaba acariciando. Nunca antes se había sentido tan desnuda con la ropa puesta.

–¿Nada de gritos? –preguntó él. Aunque no sonaba decepcionado. De hecho, parecía de muy buen humor–. Supongo que tendremos que seguir intentándolo.

La laxitud que seguía al clímax desapareció al instante y Jenny volvió a excitarse, llena de anticipación. Él no había terminado con ella. Y, si lo pensaba bien, ella no había hecho más que empezar.

Entonces, Billy la tomó en sus brazos, la levantó del suelo al mismo tiempo que se levantaba de la moto. Ella lo rodeó de la cintura con las piernas, aunque no fue por miedo a caerse. No, la tenía sujeta con firmeza, como si fuera un peso pluma, sin perder el equilibrio.

Jenny notó la presión de su erección a través de los pantalones, justo entre las piernas. Cada vez estaba más duro. Y ella quería saborearlo. Quería saborearlo entero.

Sin decir palabra, la llevó dentro de la casa. Jenny supuso que sería una casa bonita, pero todo estaba oscuro y no podía ver mucho más allá de la cara de Billy, sus labios, su camisa. Lo besó en el cuello, en la mandíbula, en la boca, al mismo tiempo que trataba de desabotonarle la camisa. Quería verlo y tocarlo a la vez, sin renunciar a ninguna de las dos cosas.

Cuando acababa de llegar a medio camino en los botones de la camisa, lo suficiente para verle los músculos y los tatuajes, él abrió una puerta. A continuación, Jenny sintió que la depositaba en una cama con sábanas de seda. Era la clase de cama con la que ella no se atrevería a soñar. Y allí estaba... con Billy.

–¿No vamos a la mesa de billar? –preguntó ella, mientras él se colocaba a su lado y se quitaba la chaqueta.

Billy dejó la chaqueta a un lado y se concentró en bajarle la cremallera del vestido y Jenny se sumergió en la sensación de sus dedos en al espada. Lo único que pudo hacer fue apoyar la cabeza en su hombro. Cuando le hubo bajado la cremallera, él deslizó las manos debajo de la tela y le acarició la piel desnuda. Ella se sintió más caliente que en toda su vida.

–Te mereces más que una mesa de billar.

Le quitó el vestido por encima de la cabeza y lo tiró a un lado.

–¿Dónde nos habíamos quedado la semana pasada? –preguntó él, cuando la hubo desnudado, acariciándole la espalda.

Ella levantó las piernas, lo rodeó por la cintura y lo atrajo contra su cuerpo. La presión de su erección le tocó en el sitio exacto, haciéndola estremecer.

–Justo aquí.

–Llevo toda la semana esperando esto –confesó él en voz baja, enredando los dedos en el pelo de ella.

–¿Sí? –fue todo lo que pudo decir Jenny antes de que la besara.

Ella no estaba dispuesta a que fuera él quien llevara la batuta todo el tiempo. Le gustaba perderse en sus caricias, pero también ansiaba tocarlo. Por eso, se concentró en terminar de desabrocharle la camisa y, después, el cinturón y los pantalones.

Cuando le rozó la erección, él gimió en su boca mientras la besaba. Enseguida, echó la cabeza hacia atrás y le mordió el cuello.

–¿Tienes preservativos?

–Sí –afirmó él, alargó la mano y sacó un paquete de la mesilla de noche.

Ella iba a desabrocharse el sujetador, queriendo acelerar al máximo el proceso, pero él le sujetó las manos.

–Quiero hacerlo yo.

Billy se inclinó sobre ella, dedicando su atención al broche. A Jenny le encantaba que la cuidara y la atendiera con tanto interés. Aunque estaba empezando a cansarse de esperar. Quería tenerlo dentro en ese instante y cada minuto que perdían le parecía peor que un año más de celibato.

Le mordió el hombro para transmitirle alto y claro su mensaje.

–Mujer –rugió él y, de golpe, la tumbó boca arriba y la cubrió con su enorme cuerpo. Tenía la camisa abierta, los pantalones a medio quitar y los calzoncillos a punto de estallarle.

Billy se apretó contra ella, con sus lenguas entrelazadas. Jenny trató de quitarle la camisa, pero tenían brazos y piernas demasiado enredados. Así que se limitó a mover un poco las caderas, colocándose en línea con su erección. Demasiada ropa los separaba.

–Te necesito... Lo quiero todo de ti –le susurró ella, mientras intentaba encajar el pie en la cintura de sus pantalones para terminar de quitárselos.

Billy se incorporó para quitarse la camisa y los pantalones a toda velocidad. Se quitó los calzoncillos y ella lo vio.

–Vaya –fue lo único que Jenny pudo decir.

La sonrisa de Billy estaba llena de promesas sobre lo que acontecería a continuación. Entonces, le quitó las braguitas. El sujetador cayó después. Y se puso el preservativo.

El calor que sentía entre las piernas le resultaba difícil de soportar. Se abrió todo lo que pudo para él, aunque Billy la sorprendió con algo inesperado. Encendió la luz, se tumbó de espaldas y tiró de ella para colocarla encima.

–Quiero verte.

Jenny tragó saliva con un ataque de timidez.

Él siguió recorriéndole con las manos los pechos, las caderas, los muslos... todos los sitios que a ella le preocupaban porque no eran perfectos. Con la punta de los dedos, Billy le trazó los difuminados bordes de estrías que le quedaban en el vientre. Mientras, movía las caderas debajo de ella. Su enorme erección se apretó contra ella, despertándole toda clase de deliciosas sensaciones... Sensaciones, si no nuevas, poco conocidas.

En vez de desplegar el fiero e indomable deseo que había mostrado en el garaje, Billy la envolvió en un lento placer, mojado, duro y caliente.

–No dejas de parecerme cada vez más hermosa –comentó él con un suspiro.

Jenny se relajó.

–Hace mucho tiempo que...

Hacía mucho tiempo que no se había sentido hermosa. Hacía una eternidad desde que alguien la había llamado hermosa. Pegándose contra él, decidió que aquel ritmo lento y sensual no era suficiente. Cuando se levantó, sintió que la erección de él se ponía en pie también. Entonces, despacio, bajó encima de él.

Cuando Billy la hubo penetrado del todo, ella hizo una pausa para saborear la sensación. Necesitaba gozar de eso. No quería recordar el sexo rápido e inexperto que había tenido hacía años. Estaba en la cama con un hombre. Quería apreciar las diferencias.

Billy la dejó descansar e hizo una pausa, mientras le sujetaba ambos pechos con las manos.

–Eres fantástica –dijo él, y le pellizcó con suavidad los pezones, haciéndola gemir–. ¿Te gusta esto?

Jenny asintió, mordiéndose el labio. Él repitió el movimiento, con mayor presión.

En esa ocasión, Jenny sintió como una corriente eléctrica que la obligó a subir y bajar de golpe. De pronto, él se sentó en la cama y se metió su pezón derecho en la boca.

–No pares, mujer –rugió él contra su pecho. Luego, la mordió ligeramente, mientras jugaba con su pezón con la lengua y con los dientes, acariciándole el otro con los dedos al mismo tiempo.

Al instante, Jenny comenzó a cabalgar sobre él, cada vez más dueña de sus movimientos.

Lo había deseado desde la primera vez que lo había visto en la escuela taller y había adivinado que había algo bueno y noble bajo su apariencia ruda y salvaje.

Mientras le lamía el otro pezón, Billy la agarró de los glúteos y empezó a dirigirla… arriba, abajo, hacia delante, hacia atrás, llevándola más y más cerca del clímax. Jenny se quedó sin aliento, hasta que hundió sus dientes en ella de nuevo.

–¡Billy! –gritó ella, conmocionada por las oleadas del orgasmo.

Él la penetró con más fuerza, casi hasta el punto de romperla, hasta que soltó un rugido y cayó sobre la cama. Aunque sus manos no la soltaron. Siguió acariciándole la espalda, las piernas, la cintura, cada milímetro del cuerpo.

Jenny se liberó de sus brazos y se desplomó a su lado.

–Como te he dicho, no soy tan respetable –dijo Billy, todavía jadeante.

Jenny sonrió para sus adentros, al ver que lo había dejado sin aliento, igual que él a ella. Incorporándose, lo miró a los ojos.

–La respetabilidad está sobrevalorada –señaló ella en un susurro, acomodándose a su lado, mientras él la rodeaba con el brazo de forma automática.

Capítulo Quince

Jenny se fue al baño mientras Billy se ocupaba del preservativo. Diablos, se dijo a sí mismo. Había temido que, después de largas semanas de tensión sexual, el encuentro no estuviera a la altura de las expectativas. No podía haber estado más equivocado.

Estiró las sábanas y colocó las almohadas. Había sido un encuentro muy intenso, aunque no llevaban en su casa más de cuarenta y cinco minutos. Le quedaba todavía el resto de la noche. Y de la mañana siguiente.

Casi nueve mil dólares. Por ese dinero, pensaba mantener ocupada a Jenny todo el tiempo que quisiera.

Bueno, mejor dicho, sería todo el tiempo que ella quisiera. Solo de pensar en cómo lo había recibido su húmedo calor, cómo había gemido su nombre al llegar al clímax, experimentó una nueva erección. Había estado tan hermosa, con los pechos moviéndosele hacia arriba y hacia abajo con cada arremetida…

Meneando la cabeza, Billy trató de aclararse la mente. Ella misma le había dicho que había pasado mucho tiempo desde la última vez. Aun así, había estado de sobra a la altura. Aunque era lógico que necesitara más de diez minutos para recuperarse.

Pero no podía quitarse de la cabeza la imagen de

sus curvas. ¿Tendría suficiente ella con veinte minutos?

Para distraerse de sus ansiosos pensamientos, colgó la chaqueta en una percha e intentó sacudir el vestido. Estaba destrozado. Luego, la puerta del baño se abrió y, cuando se giró, la vio de espaldas, iluminada por la luz del baño. Su mera presencia, allí, en su dormitorio, hizo que tuviera otra erección. Aquella pequeña mujer era mucho más de lo que había esperado. Los buenos perfumes se vendían en frascos pequeños, pensó.

—Creo que se te ha estropeado el vestido —comentó él, intentando no fijarse en la manera en que la luz se reflejaba en su pubis. No funcionó—. Te compraré otro.

—No sé dónde podría lucirlo —comentó ella en tono bajo y provocador.

—Te llevaré a algún sitio elegante.

El vestido cayó al suelo, donde quedó olvidado una vez más.

—Estás preciosa —consiguió decir él.

Y era cierto. Por muy dulce que resultara con su uniforme de maestra o por muy glamurosa que hubiera estado esa noche en la fiesta, no era nada comparado con la belleza de su desnudez.

En ese punto, sin embargo, la actitud provocativa de Jenny se tornó en timidez y se cruzó de brazos sobre los pechos. Al instante siguiente, cambió de opinión e intentó cubrirse las partes bajas.

—Oh, no, no lo hagas —pidió él, se acercó en dos grandes zancadas y la sujetó de las muñecas—. No te escondas de mí.

Jenny era una mujer de estatura pequeña. Apenas le llegaba al pecho. Y allí era donde ella lo estaba mirando en ese momento, justo a la rosa que llevaba tatuada.

–Si no vamos a escondernos, ¿es ahora cuando me enseñas los tatuajes? –preguntó ella, recorriéndole la rosa con la mano.

Billy tragó saliva. Sí, la gente sabía que llevaba tatuajes. Sabían que tenía una rosa espinada en el pecho. Pero nadie sabía lo que representaba.

Mereció la pena ver cómo a ella se le iluminaban los ojos de deseo, mientras le hacía girarse y señalaba a la cama.

–Ve.

–Sí, señora –repuso él, y sonrió cuando recibió una palmada en el trasero como respuesta.

Cuando Billy se sentó en la cama, su compañera negó con la cabeza. Con las manos en las caderas, parecía ser la maestra que era durante el día, autoritaria y, al mismo tiempo, alegre y siempre dispuesta a jugar.

–Túmbate de espaldas, por favor.

Billy obedeció. Se estremeció al sentir cómo ella se colocaba sobre sus piernas y le recorría en trasero con la mano. Le agarró de un glúteo y apretó. Iba a matarlo de excitación.

Al escuchar su risa, desenfadada y natural, como si no tuviera ningún miedo de sus tatuajes ni de él, Billy sintió que algún resorte se abría en su interior.

Sin previo aviso, Jenny lo montó a horcajadas.

–¿Aquí no llevas tatuajes? –preguntó ella, tocándole el trasero con la punta del dedo.

La erección de Billy se apretó contra el colchón. Pero no habían pasado veinte minutos todavía, se recordó a sí mismo. Además, ella parecía estar disfrutando de mirar.

–Tengo algunas ideas, pero no me he decidido todavía.

–Entiendo –replicó ella, acariciándole la espalda hasta llegar al remolino de pájaros negros que, más arriba, volaban libres hacia sus hombros–. Este es impresionante.

–Es único –afirmó él.

No solo lo estaba tocando, lo que ya lo excitaba bastante. Además, podía sentir su entrepierna caliente en la espalda. Lo único que tenía que hacer era girarse y estaría dentro de ella, se dijo Billy. Cada vez era más incontenible el deseo de hacerlo, hasta que cayó en la cuenta de que, primero, tendría que abrir el cajón de la mesilla y sacar un preservativo. Para intentar contenerse, se agarró a las sábanas y se obligó a respirar hondo.

Un suave dedo le tocó cada pájaro.

–¿Qué significa?

Billy giró la cabeza para poder verla por el rabillo del ojo.

–Es mi vida. Hubo en un tiempo en que yo era un tornado gigantesco de oscuridad y destrucción… Me hacía daño a mí mismo y a la gente que me quería.

–¿Y luego viste la luz? –preguntó ella, inclinándose y rozándolo en el cuello con su aliento.

–Más bien, me liberé. Crecí, me hice más listo, superé las cosas –contestó él. Aunque la verdad era que dudaba poder superar el pasado del todo alguna vez.

–Es precioso.

A Billy le llamó la atención la sinceridad con que ella habló. Entonces, sintió que se inclinaba sobre su espalda, rozándole con sus fabulosos pechos, para besar uno de los pájaros.

En ese momento, Billy sintió la diferencia entre estar excitado y algo más. Quería hundirse de nuevo en el cuerpo de Jenny con toda su alma. Pero no era solo sexo lo que lo motivaba. Era algo más. Era el placer de estar con ella.

Cuando ella descabalgó de su espalda, un frío inesperado lo recorrió. Pero, enseguida, Jenny le hizo girarse y tumbarse boca arriba para montarlo de nuevo. Sin poder evitarlo, él posó las manos en sus caderas y comenzó a moverse debajo de ella, hacia delante y hacia atrás, dejando claro su mensaje.

Jenny soltó un gritito sofocado y abrió mucho los ojos. Él esperó que fuera de placer. Sentir su piel pegada a la de él bastaba para que la mente se le quedaba vacía de todo pensamiento racional. La apretó contra su erección con firmeza, dejándose poseer por su húmedo calor.

Jenny se mordió el labio en lo que, probablemente, era un gesto de indecisión, pero a él le resultó increíblemente sexy. ¿Habrían pasado ya veinte minutos? ¿Era hora de sacar un preservativo?

–Todavía, no –ordenó ella, quitándose las manos de él de las caderas.

Maldición, esa mujer sí que sabía lo que era el autocontrol, pensó él.

Aunque no se zafó de su erección. Se quedó sentada allí, con el pecho subiéndole y bajándole por la respiración acelerada. Tras una breve pausa, volvió a centrar su atención en los tatuajes. El más grande que él tenía en el pecho era de una calavera con llamas negras en la parte superior y una serpiente de cascabel saliéndole del ojo. La serpiente le subía hasta el hombro.

A su lado, estaba la rosa espinada. Era el único tatuaje que tenía en color. Los bordes de los pétalos eran rojos.

Billy se dio cuenta de que su amante alternaba la mirada entre la tétrica calavera y la bonita flor. Sabía que era lo bastante lista como adivinar que existía una relación entre ambos dibujos.

–Bueno –empezó a decir ella, posando la mano sobre la rosa–. ¿Te has hecho este tatuaje que da tanto miedo para distraer la atención del otro?

–Sí –repuso él. Quiso distraerla a ella también, zafarse de esa conversación y sumergirse en su cuerpo. Pero no podía. Tenía que ser honesto con ella. Y consigo mismo.

Sin embargo, no podía hacerlo con Jenny desnuda sobre él. Por eso, cerró los ojos, para no ver su mirada, centrando la atención en la calidez de su mano sobre el corazón.

Para su sorpresa, ella se inclinó hacia delante y lo abrazó. Sí, así estaba mejor, pensó él.

–Cuando tenía diecisiete años, salía con una chica –comenzó a decir él, sin saber otra manera de empezar la historia–. Ella era todo lo que yo no era, lista, guapa y rica. Yo era un salvaje y su familia me odiaba. Aunque ella se escapaba por las noches para estar conmigo.

Jenny asintió contra su pecho.

–¿Y qué pasó?

–La dejé embarazada.

Jenny se quedó rígida. Casi dejó de respirar.

Él continuó. Si se detenía y pensaba en ello, quizá, sería incapaz de proseguir.

–Yo me asusté. Me rompí la mano dándole un puñetazo a la pared… –confesó, y se interrumpió, avergonzado de lo estúpido que había sido–. No podía digerirlo. Inicié una pelea en un bar donde no debía haber entrado y casi logré que me mataran.

–¿Fue entonces cuando te arrestaron?

–El camarero del bar conocía a mi padre. Lo llamó. Mi padre fue a buscarme, me llevó a casa y me echó una bronca memorable –recordó él–. Yo sabía que había dejado a mi madre embarazada de mí cuando tenían dieciocho años. Cuando le conté lo que yo había hecho, me abofeteó y me ordenó que me centrara. Me dijo que tenía que casarme con ella, como él había hecho con mi madre. Me dijo que cualquier hijo de un Bolton debía llevar su apellido.

–¿Y qué hiciste?

Billy se dio cuenta de que le estaba acariciando el pelo. Y ella seguía allí. No lo había dejado de lado porque se hubiera comportado como un imbécil. Al menos, todavía, no.

–Lo pensé durante unos días. Luego, compré un anillo barato y fui a su casa a pedir su mano.

Solo había contado esa historia en voz alta en una ocasión antes. Ni siquiera sus hermanos sabían nada de eso. Por muy bocazas que pudiera ser su padre, Bruce Bolton le había guardado ese secreto a lo largo de los años. No estaba seguro de si se lo habría contado a su madre antes de que muriera. Esperaba que no. Odiaba pensar que no había sido un buen hijo y que había traicionado las expectativas de su madre.

Tampoco quería decepcionar a Jenny.

–¿Qué pasó? –preguntó ella en un murmullo. Sin embargo, su voz no parecía asustada, ni llena de juicios. Ella había pasado por lo mismo, después de todo. Quizá entendía lo que era estar aterrorizado ante la perspectiva de una paternidad inesperada.

–Ella dijo… –intentó proseguir Billy, pero se le cerró la garganta.

Jenny lo besó en la mejilla y esperó.

–Había abortado. Dijo que no había querido al bebé porque no quería estar conmigo. Dijo que nunca me había querido. Luego, me cerró la puerta en la cara.

Jenny se sobresaltó, sorprendida.

–¿Que hizo qué?

–Lo que oyes.

Se quedaron tumbados en silencio durante unos instantes. Billy no podía dejar de pensar en que Jenny seguía allí, en la cama con él, abrazándolo.

–Yo casi aborté también –confesó ella en voz muy baja–. Cuando Ricky se fue, yo quería terminar con el embarazo. Pero mi madre no me dejó. Me dijo que tendría que vivir con lo que había hecho y que un día se lo agradecería.

–¿Así ha sido?

–Sí. Como te pasó a ti, crecí, aprendí y lo superé –replicó ella, tocándole los pétalos de rosa–. Entonces, esto no es por tu novia.

–No. Es por el bebé.

Ella le deslizó una mano detrás de la espalda y le acarició el torbellino negro que, en una ocasión, había sido su vida.

–Te sentiste perdido.

–Sí –afirmó él. Lo curioso era que ya no se sentía perdido. Se sentía de maravilla. Más que nunca.

–¿Y qué pasó?

Billy sonrió, a pesar del dolor de los recuerdos. Después de todo, ella seguía allí, abrazándolo.

–Me perdí cada vez más. Me pasaba la mitad del tiempo borracho y la otra mitad, con resaca. Me metía en todas las peleas que podía. Me gané a pulso mi apodo de Bill el Salvaje. Me arrestaban cada dos por tres. Un día, mi padre dejó de pagar las fianzas. Me dijo que podía pudrirme en la cárcel hasta que entrara en razón. Me dijo que estaba matando a mi madre con mi comportamiento.

Tragando saliva de nuevo, Billy recordó lo preocupada por él que había estado su madre durante años. No era de extrañar que su padre hubiera estado furioso. Sus padres se habían casado por obligación, pero siempre se habían apoyado el uno al otro, en lo malo y en lo bueno, hasta el cáncer se había llevado a su madre. Después de eso, Billy no había sido el único en sentirse perdido.

–¿Te dejó allí?

–Sí.

–Vaya. Mi madre solo me obligó a tener un bebé.

–No estuve en la cárcel tanto tiempo, solo un par de meses. Luego, cuando salió el juicio, me cambiaron la condena por una pena de servicio a la comunidad –contó él. Esa era la parte de la historia que más le gustaba–. Mi viejo profesor de la escuela taller habló a mi favor. Dijo que planeaba llevarme a dar charlas al colegio para ayudar a chicos que estaban tan perdidos como yo había estado. Dijo que me ayudaría a reinsertarme.

–¿Tu profesor de la escuela taller salió en tu defensa?

–Sí. Se llama Carl Horton. Es la única persona, además de mi padre, que conoce esta historia. Y tú –añadió él deprisa–. Así que me reformé. Tenía veinticuatro años. Había pasado siete años de mi vida perdido en peleas y alcohol. Cal es todo lo contrario a mi padre, un tipo pacífico y de conversación afable. Había sido el único profesor que no me había suspendido en la escuela. La única persona que nunca había renunciado a mí. Me obligó a volver al colegio y dar charlas a los chicos. Y me hizo volver a manejar herramientas. Me dio algo que hacer con mi vida. Después de terminar el servicio comunitario, me puse a trabajar para mi padre, construyendo motos.

Ella le tocó la espalda, de nuevo posando la mano en los pájaros.

–Libre.

–Libre –admitió él, abrazándola con más fuerza.

Pero solitario. Había levantado un negocio magnífico con sus hermanos. Durante diez años, se había volcado en el trabajo. Había construido motos doce y catorce horas al día. Había hecho montañas de dinero, pero no había tenido tiempo de disfrutarlo. Trabajar le había mantenido lo bastante ocupado como para no pensar y para no meterse en problemas.

Hasta ese momento. Estaba en la cama con una mujer dulce y hermosa. Y ahí pensaba quedarse todo el tiempo que pudiera.

—No elegiste el camino fácil. Hiciste lo correcto, aunque fue difícil. Quería ser lo bastante bueno para ti, Jenny. Porque tú eres mucho mejor que yo —dijo él.

Jenny levantó la cabeza de golpe y lo miró con la boca abierta. Él le apartó el pelo de la cara, antes de cerrarle la boca con un beso. Lo que había dicho era la pura verdad.

Ella lo besó sin dudarlo, sus besos entrelazándose a la vez que sus miembros. Eso era libertad, se dijo Billy, estar ahí entre sus brazos, ser amado por una buena mujer.

Entonces, ella intentó colocarse debajo de él, pero se lo impidió.

—Me gusta que estés arriba —señaló Billy, sujetándola.

Jenny frunció el ceño, mientras trazaba pequeños círculos con las caderas sobre su erección.

—¿Por qué?

—Es mejor así —repuso él entre dientes. Cielos, le estaba volviendo loco de excitación. Sin poder esperar, buscó otro preservativo.

De todos modos, Jenny no pensaba conformarse. Lo agarró de la mano y le sujetó el preservativo.

—Quizá, yo quiera que tú estés arriba.

—No, nada de eso —negó él. Sabía que podía librarse con facilidad de su mano. Pero no quería hacerlo.

Ella afiló la mirada.

—¿Y eso por qué?

—Por las vistas.

–Mentiroso.

En ese momento, aparte de por el hecho de que estaba desnuda, tenía la mirada de una mujer capaz de echarle de comer a los coyotes.

–Muchas… –comenzó a decir él, y rectificó–. Otras mujeres se han quejado de que soy demasiado pesado.

Ella arqueó las cejas, decidida a no dejarse convencer.

–No tengo miedo de tu pecho fuerte e impresionante, Billy –aseguró Jenny, y rodó sobre la cama, llevándolo con ella.

No era buena idea, pensó Billy. Pero ella quería probarlo y no iba a cesar hasta conseguirlo. Así que se colocó encima, después de sentarse un momento sobre los talones para ponerse el preservativo.

–¿Me avisarás si estás incómoda?

–Claro –dijo ella, alargó la mano y acarició la erección–. Y te avisaré si me gusta, ¿trato hecho?

–Hecho –contestó él.

Ella lo rodeó con las piernas de la cintura y lo empujó hacia delante, hasta tenerlo en el sitio adecuado.

Billy se sumergió en el mar de su cuerpo, en su calidez, la forma en que lo abrazaba del cuello con fuerza. Se deslizó una y otra vez en su interior. Había pasado mucho tiempo desde que había tenido sexo en esa posición, estando arriba, y lo disfrutó como si hubiera sido la primera vez. Todo en Jenny le parecía nuevo y diferente. Su preocupación por no aplastarla se desvaneció al escuchar los gemidos de placer de su amante. Pronto, ella alzó la voz, clamando su nombre.

Pronto, también, Billy no pudo seguir conteniéndose. Cuando el cuerpo de ella se tensó con la fuerza del orgasmo, él la siguió sin remedio. Fue un clímax tan intenso que, durante un instante, todo se volvió borroso. La imagen de mil pájaros volando libres en el cielo le asaltó la mente. Así era como se sentía con ella. Libre.

Billy se apartó un poco, lo justo para tumbarse a su lado y envolverla con sus brazos. Se sentía cansado… no como cuando se quedaba toda la noche trabajando en vez de dormir. Era un agotamiento que provenía de la más honda satisfacción.

–¿Te ha parecido bien? –preguntó él. Eso esperaba, porque era la clase de sexo a la que podía acostumbrarse un hombre.

Jenny lo sorprendió con su risa.

–No.

Billy se quedó helado un momento.

–Me ha parecido maravilloso.

Él exhaló aliviado y, al instante, bostezó.

–Bien.

–Quizá, por la mañana, podemos probar una postura diferente.

Aquel comentario bastó para que Billy abriera los ojos de nuevo.

–¿Sí?

Jenny lo besó.

–Sí.

Por fin, Billy había acertado con una mujer.

Capítulo Dieciséis

Billy no había hecho el amor muchas veces en la postura de la cuchara. Pero, al despertarse con Jenny entre sus brazos, se le ocurrió la idea. Era la clase de encuentro íntimo que le apetecía, con la mujer que más deseaba.

Le acarició los pechos, los pezones, entre las piernas. Y le encantó escuchar cómo ella le decía lo mucho que le gustaba, cómo gritaba de placer.

Enseguida, acabaron tumbados agotados y jadeantes, mientras el sol de la mañana entraba por las ventanas. Lo único que Jenny tenía para ponerse era su vestido destrozado, que tenía todavía peor aspecto a la luz del día. Así que se puso una de las camisetas de Billy mientras él le mostraba la casa.

—Y esta es la cocina, que conecta con el garaje.

Billy esperaba que le gustara su hogar. Esperaba que ella quisiera pasar más tiempo allí con él. Sin embargo, no podía leer su expresión.

Jenny miró a su alrededor despacio.

—¿Está siempre tan… vacía?

Billy también observó su entorno, intentando ver la casa con los ojos de ella. Todo estaba en su lugar. Tenía la casa tan ordenada como el taller. Pero entendía su punto de vista. Tenía cinco dormitorios, pero solo una cama. La suya.

–Sí, supongo que sí.

–¿Cuánto tiempo llevas viviendo aquí?

–Unos seis años. Está lo bastante lejos de los vecinos y no se quejan del ruido de las máquinas –explicó él. Sacó los huevos y el beicon y encendió la tetera. Luego, le mostró los cuatro tipos de té que había comprado para ella–. Elige uno.

Jenny escogió el *english breakfast* y se sentó en una de las banquetas de cuero negro que había junto al mostrador.

–Es una casa enorme.

–¿Te gusta? Puedes venir siempre que quieras. Seth, también –repuso él.

Una extraña expresión pintó el rostro de Jenny, que bajó la vista a la bolsita de té que tenía en la mano.

–Puedo comprar una cama para Seth. Puede elegir la que más le guste.

–Yo…

Billy no sabía qué era peor, la forma en que ella evitaba su mirada o la forma en que balbuceaba. De pronto, una incómoda tensión de apoderó de él.

La noche anterior y esa mañana habían sido increíbles para ambos. Eso había creído Billy. ¿Había vuelto a malinterpretar a una mujer? ¿Tal vez ella solo había buscado una aventura de una noche?

–¿Qué?

–Lo que pasa es que… No lo sé. Mira, hace mucho que no hago esto. Once años –confesó ella con palabras atropelladas–. El último tipo con el que salí se fue corriendo cuando Seth lo llamó papá. Mi hijo lo pasó muy mal. Por eso, dejé de salir con hombres.

Él no lo recuerda, por suerte. Solo tenía tres años. Pero…

¿Once años? Y Billy había creído que sus tres años de abstinencia habían sido mucho. Entonces, comprendió de golpe. El día que habían dormido abrazados en el sofá de Ben lo primero que ella había pensado nada más despertarse había sido en el desayuno de Seth. De nuevo, se estaba poniendo a sí misma en el último lugar.

Jenny, la mujer, necesitaba experimentar sexo de buena calidad. Llevaba años necesitándolo. Pero Jenny, la madre, había enterrado esas necesidades en un lugar profundo. No era de extrañar que hubiera mostrado tanta energía la noche anterior. Once años era tiempo de sobra para almacenar tensión sexual.

Ella lo miró con lágrimas en los ojos.

—No sé si deberíamos hacer eso. Esto. Debo tener en cuenta los intereses de mi hijo primero. Quiero decir que has sido encantador con él, pero no espero que, de golpe, te conviertas en una figura paterna para Seth. Somos tan diferentes, además… Yo no tengo nada y tú puedes tener cualquier cosa que quieras.

—Te quiero a ti.

Jenny negó con la cabeza.

—Mi vida pertenece a la reserva y tu vida pertenece a tu taller. No sé cómo podría funcionar.

Él la penetró con la mirada, desesperado por encontrar la respuesta correcta. Si hubiera sido su hermano Ben, habría ideado un plan lógico para que su relación funcionara. Si hubiera sido Bobby, habría encontrado las palabras adecuadas para tranquilizarla.

Pero no era como sus hermanos y nunca lo sería.

Por eso, hizo lo único que pudo. Se acercó a ella, tomó sus mejillas bañadas en lágrimas entre las manos y la besó. Después de unos instantes, ella lo rodeó con sus brazos y se aferró a él como si no quisiera soltarlo jamás.

—No se trata del niño, Jenny. Él estará bien. Se trata de ti y de mí —dijo él, mientras la abrazaba con fuerza.

Billy se sintió como un idiota por decirle eso, por decirle que su hijo no era importante. No quería que el sentido del deber de Jenny echara a perder su relación.

—Nunca he conocido a una mujer como tú. Me provocas, me estimulas, no me tienes miedo. Me haces querer ser mejor. No voy a dejarte marchar sin oponer resistencia porque creas que a tu hijo puede no gustarle o porque creas que soy demasiado rico para ti. Nada de eso me importa un pimiento. Quiero estar contigo, aunque no sea fácil.

Jenny lo miró con los ojos enrojecidos de llorar. A Billy le dolía verla sufrir y pensar que él era la causa.

—Tengo que dar prioridad a mi hijo.

—¿Y quién te da prioridad a ti? —replicó él. Quizá, estaba siendo un egoísta, reconoció él para sus adentros. Tal vez, solo quería mantenerla en su cama. Pero no iba a dejar que la culpabilidad echara a perder aquello. De ninguna manera—. Eso es lo que quiero hacer yo. Darte prioridad.

—¿Qué dirá la gente si no funciona?

—Al diablo con la gente. No me importa —aseguró él. ¿De verdad le preocupaba a Jenny eso? Daba lo mismo—. Si no funciona, no funciona. Pero estoy seguro de que merece la pena intentarlo. Solo lamentaría no haberlo intentado.

Ella cerró los ojos y asintió, antes de esbozar una sonrisa llorosa.

–Nada de lamentaciones.

Billy la besó otra vez. A él nunca le había importado lo que pensara la gente. Hasta que la había conocido.

Era una mujer buena, dulce, considerada. Quizá, era demasiado buena para él. Tal vez, ella lo descubriría, antes o después.

Él quería demostrarle que podía mejorar por ella. La levantó del suelo y se detuvo solo para apagar el agua que había puesto a calentar.

–Nada de lamentaciones –repitió Billy, llevándola a la cama de vuelta.

Por nada del mundo, lamentaría aquello, se dijo a sí mismo.

Ella era lo mejor que le había pasado.

Al principio, no fue fácil. Billy no era la clase de tipo acostumbrado a hablar por teléfono, así que sus conversaciones se centraban básicamente en quedar para volver a verse.

En persona, sin embargo, era un hombre distinto. Desde el momento en que se encontraban hasta el inevitable momento de la despedida, Jenny se sentía como si fuera el centro del mundo para él. No había aceptado quedarse otra noche más en su casa, pensando en Seth, pero habían salido unas cuantas veces.

Jenny había dejado a Seth con su madre y había

ido a la ciudad para quedar con él. Billy le había regalado un precioso vestido rojo con un chal y la había llevado al teatro. Se había puesto su traje y había hecho reservas en un restaurante muy elegante.

Billy la mimaba. Y ella se dejaba mimar. Nadie nunca lo había hecho antes.

También, Billy había ido a la reserva y había conocido a la madre de Jenny. En esa ocasión, había llevado a Jenny a dar un paseo en moto por la zona. Habían tenido sexo sobre una manta en medio de ninguna parte. Ella se había puesto encima. Al recordarlo, todavía sonreía.

Bobby había logrado cerrar el trato con la cadena de televisión y, como resultado, había dejado de grabar *webisodios* y se estaba dedicando solo a la preproducción del espectáculo televisivo. Jenny no sabía mucho sobre eso, solo que Billy no tendría que estar ante las cámaras todo el día y que eso le hacía feliz. Y que Billy estuviera feliz era algo extremadamente bueno.

Por lo que parecía, a Seth no le molestaba verla con Billy. No hablaba mucho de eso con su hijo, por eso, cuando el muchacho le preguntó si iba a casarse con Billy, una mañana de camino al colegio, la tomó del todo por sorpresa.

–No lo sé –admitió ella. Era demasiado pronto.

El camino entre su casa y la de Billy llevaba casi una hora y media, pero ella no iba a renunciar a su trabajo en la escuela para mudarse con él. No podía dejar a su madre, tampoco, que cada vez estaba más mayor, ni a las chicas del programa de adolescentes embarazadas. No podía dejar de lado a todas esas personas, aunque estar con Billy le hiciera más feliz que nunca en la vida.

Además, había otro problema. Estaba empezando a pensar que no era solo felicidad; podía tratarse de amor.

—Al menos, no por el momento —añadió ella, al hilo de la pregunta de su hijo.

—¿Será mi papá?

—Cariño, pensaremos en eso cuando sea oportuno.

En realidad, Billy no reemplazaba a un padre. Aunque Seth y él estaba creando un vínculo cada vez más fuerte. Un par de veces, ella había llevado a su hijo al taller de Crazy Horse Choppers. Billy y Seth habían trabajado juntos en el diseño de alguna moto que estaba destinada a ser el regalo de Seth para su dieciséis cumpleaños. Luego, el muchacho se iba con Ben y Josey, mientras Billy y ella se iban a cenar, jugaban al billar o tenían un tórrido y rápido encuentro sexual.

Más o menos, funcionaba. Seth disfrutaba a ratos de Billy, que le motivaba mucho para estudiar. Y Jenny tenía tiempo para quedarse a solas con Billy de vez en cuando. Él insistía en que pasaran juntos, en su casa, un fin de semana, con Seth incluido. Ella no se había decidido todavía, pero no dejaba de darle vueltas a la posibilidad.

Billy y Seth se llevaban bien en el taller. Sin embargo, tener a su hijo adolescente en casa con ellos era diferente. En parte, Jenny se preguntaba qué pasaría cuando su hijo dejara el baño todo desordenado, o el grifo abierto, o cuando tuviera que pelearse con él para que hiciera los deberes. ¿Se hartaría Billy de estar con ellos?

Jenny quería pensar que no, pero sabía que el comportamiento ejemplar de Seth tenía sus límites. Antes o después, temía que iba a tener que elegir entre Billy y su hijo.

Estaba enamorándose de Billy. Pero su hijo debía ser su prioridad.

Billy estaba emocionado. Era el primer sábado que Jenny había aceptado ir a pasar la noche con él... y Seth también se quedaría en su casa.

La verdad era que Billy tenía en mente algo permanente. Cada vez era más mayor y, después de haber encontrado una nueva clase de libertad entre los brazos de Jenny, tenía completamente claro que no quería volver a estar solo.

Todo había mejorado en los últimos tiempos para Billy. Su padre no le molestaba tanto. Bobby pasaba más tiempo en Nueva York, con los preparativos de su *show* televisivo y, como consecuencia, incordiaba menos. Era mucho más fácil quedar con Jenny sin preocuparse porque su hermano quisiera sacarla a ella también en su *show*.

Por otra parte, descubrió que le gustaba salir. Le gustaba llevar a Jenny a cenar o a bailar y hacerle sentir especial. Tenía dinero para hacerlo. Nunca se había sentido cómodo gastándolo en sí mismo, pero le encantaba gastárselo en Jenny. Ver la forma en que su cara se había iluminado al desenvolver el vestido rojo había merecido de sobra el precio del atuendo.

Hasta el trabajo iba mejor. Ben había contratado a nuevos empleados y a un vendedor a tiempo completo. Las motos seguían teniendo éxito y, además, estaban consiguiendo entregar los pedidos a tiempo. Él tenía que admitir que el plan de convertir Crazy Horse Choppers en una marca nacional estaba funcionando.

Desde que Jenny había entrado en su vida, todo parecía ir bien. Hacía días, Billy había estado mirando casas en venta, a medio camino entre el colegio y el taller. Quería encontrar un lugar que estuviera igual de cerca para los dos. Después de todo, su casa actual no era tan importante para él.

El problema era que no quería comprar una casa para Jenny y su hijo. Una mujer como Jenny no aceptaría tal cosa. Ni querría vivir con él, sin un anillo en la mano. Y él no estaba seguro de ser la clase de hombre que se casaba. Casarse era algo de adultos responsables. Sí, él tenía una compañía de éxito y pagaba todas sus facturas pero… ¿no seguía siendo el mismo tipo que se había emborrachado hasta perder la conciencia?

La puerta del taller se abrió, sacándolo de sus pensamientos. El nuevo vendedor, Lance, asomó la cabeza.

–Hay una mujer aquí que quiere verlo, señor Bolton. Quiero decir, Billy.

–Dile que entre –repuso él, sin levantar la vista de la moto de Seth, en la que estaba trabajando.

Lo primero que le llamó la atención a Billy fue que no oyó lo que había esperado. No eran las voces de Jenny y Seth hablando del colegio, sino el repiqueteo de unos tacones en el suelo. Jenny no llevaba tacones nunca, si podía evitarlo.

El olor fue lo segundo. De pronto, el taller quedó invadido por un pesado aroma floral.

Lo último en desentonar fue la voz chillona de una mujer.

–Te ha ido bien, Billy.

Se suponía que el comentario debía sonar seductor, aunque Billy percibió cierto atisbo de enemistad subyacente. Los pelos de la nuca se le erizaron.

Despacio, se giró hacia ella. A un par de metros, vio a una mujer bajita y rubia con altos tacones que le resultaba vagamente familiar.

–Gracias –dijo él–. ¿En qué puedo ayudarte?

La recién llegada afiló la mirada al mismo tiempo que sonreía. Parecía esperar a que él dijera algo. Podía seguir esperando, se dijo Billy.

–No me recuerdas –comprendió ella al fin, con tono más molesto aún.

La forma en que la rubia se puso en jarras y sacó pecho le ayudó a Billy a recordar.

–Estabas en la subasta, ¿no?

Ella esbozó una sonrisa que helaba la sangre.

–Nunca fuiste muy listo, pero pensé que me recordarías.

¿Sería una admiradora psicópata que, después de haber visto la serie de Internet, pensaba que lo conocía? ¿Cómo se atrevía a entrar en su taller y acusarlo de ser tonto?

No debía de ser una rubia con muchas luces, se dijo él.

–No hacemos visitas guiadas. Si quiere comprar

una moto, Lance es el vendedor –indicó él, señalando a la puerta.

–No me recuerdas de veras.

Sonaba a disco rayado.

–No, señora.

–Después de todo lo que pasamos juntos en el instituto.

Billy se quedó petrificado. Hasta dejó de respirar.

–¿Ashley?

No, no, no. Aquello no podía estar pasando. Billy rezó porque fuera una alucinación.

Al escuchar su nombre, los rasgos de Ashley se suavizaron.

–Sí, te acuerdas.

¿Cómo iba a olvidar a la mujer que le había roto el corazón con tanta brutalidad?

–Estás distinta –observó él. Y era cierto.

–Espero que mejor. ¡Y tú! Estás más fuerte.

¿Había estado alguna vez enamorado de esa mujer?, se preguntó Billy. La rubia que tenía delante apenas se parecía a la que él recordaba. Era bajita, sí, y con curvas. Pero nada más parecía similar. Su cara, su pelo, sus ropas… todo era distinto.

Por otra parte, su actitud despreciativa hacia él no distaba mucho de cómo lo había tratado cuando le había cerrado la puerta en las narices. Maldición. Era la misma persona, después de todo.

–¿Qué quieres?

–Ahora eres muy famoso, ¿lo sabes? He visto la serie completa en Internet. Y vas a protagonizar un *show* de televisión. Muy impresionante, Billy.

A él no le gustaba la forma en que pronunciaba

su nombre. Y menos aún le gustaba el tono de su voz. Le dejaba claro como el agua que quería algo de él.

Tenía que salir de allí, cuanto antes, pensó Billy. Si llegaba Jenny y Ashley la reconocía como la mujer que se lo había llevado en la subasta, las cosas podían ponerse muy feas.

–¿Por qué has venido?

–Nos llevábamos bien, ¿recuerdas? –señaló ella con una caída de pestañas–. Lo pasamos muy bien en el instituto.

–Era joven y estúpido entonces –replicó él, sin dejarse engatusar por sus encantos–. ¿Qué quieres?

Aquella pregunta bastó para desenterrar la víbora que había en ella. Su actitud amistosa y falsa desapareció de golpe.

–¿Sabes que cada vez que tengo que rellenar el expediente en algún médico tengo que poner que tuve un aborto?

–Yo no quería que abortaras. Lo hiciste sin consultar conmigo. Ni siquiera me lo dijiste antes.

–No eras tú quien estaba embarazada –le espetó ella con aspecto frustrado–. Era yo quien estaba asustada y herida y tenía que vivir con ello.

–Era hijo mío, también –dijo él y, sin darse cuenta, se puso la mano sobre el tatuaje de la rosa–. Me lo robaste.

–Eso hubiera significado quedarme atrapada contigo el resto de mi vida –contraatacó ella. Aunque parecía furiosa, intentó simular una falsa calidez–. Nunca pensé que llegarías tan lejos. Si lo hubiera previsto, entonces… –añadió, y miró a su alrededor en el taller–. Estoy impresionada, de verdad.

Se trataba de dinero, comprendió Billy. Ashley se creía con derecho a compartir su fortuna porque la había dejado embarazada hacía muchos años.

–¿Cuánto?

Ella torció la cara.

–Nunca se te dio bien andarte por las ramas, ¿verdad?

–¿Cuánto? Es lo único quieres, dinero, ¿no es así? –adivinó Billy. Sin duda, Ashley quería una jugosa cantidad a cambio de no contarle a nadie lo que había pasado hacía diecisiete años.

Por su pérfida sonrisa, él supo que había dado en el clavo.

–No quería que fuera tan desagradable. Intenté comprarte en la subasta para tratar de hacer revivir la llama –confesó ella.

–Querías aprovecharte de mi posición.

Ashley le señaló con el dedo.

–Mira, qué rápido lo comprendes todo. Igual pensé que eras más tonto de lo que eres en realidad.

–¿Cuánto quieres a cambio de no volver a verte? –preguntó él. En ese momento, eso era lo único que deseaba, no verla más.

–Bien. Como quieras. Cincuenta mil dólares.

Billy se quedó con la boca abierta. Era un chantaje en toda regla. Por eso, él nunca se había sentido cómodo con el dinero. En cuanto uno era rico, la gente quería aprovecharse.

Nunca debía haber dejado que Bobby lo hubiera puesto ante las cámaras.

–Vamos, ¿qué problema tienes? –inquirió ella, señalando a su alrededor–. Algunas de estas motos valen más de treinta mil dólares. Construye un par de ellas más y véndelas.

–Las cosas no funcionan así. Todo ese dinero está bien calculado y debe ir a pagar gastos y a futuras inversiones –contestó él. Diablos, si fuera capaz de extender cheques por cincuenta mil dólares, ya habría extendido uno para el colegio de Jenny.

La cara de Ashley se pintó de decepción, aunque no bajó la guardia.

–Quería mantener esto entre nosotros, Billy. Intenté comprarte con todos mis ahorros. No quería llegar a este punto. Pero necesito el dinero.

Durante un momento, pareció asustada… y cansada. Pero fue solo un instante fugaz.

–Si tú no quieres darme el dinero, sé que hay personas dispuestas a pagar por una buena exclusiva.

Billy echó de menos a su hermano Bobby. Él sí sabría negociar. Pero tenía que arreglárselas solo.

–No harías algo así.

–Claro que sí. Igual, todavía, no. Esperaría a que comenzara la serie de televisión y fueras un poco más famoso. Luego, todas las páginas de cotilleos en Internet estarán deseando ofrecer dinero para que les cuente la historia completa. Ya imagino los titulares: «El motero salvaje abandonó a su novia adolescente cuando estaba embarazada» –señaló ella, gesticulando con las manos como si estuviera viendo las palabras en luces de neón–. He oído que el directo de la cadena de televisión con la que acabáis de firmar es un firme defensor de los valores tradicionales. Sería una pena que cancelara tu *show* después de unos pocos episodios.

»Piensa que, una vez que tengas las garras encima de ti, no te dejarán en paz. ¿Con cuántas mujeres te has acostado, Billy? ¿Cuántas estarán dispuestas a compartir todos los detalles con tal de que su foto salga en la prensa? Te estoy haciendo un favor, en realidad. Te ofrezco un trato en el que no tendrás que enfrentarte a los fotógrafos indiscretos.

Billy sabía que ella tenía razón. También sabía que, cuando viera a Bobby, le daría un puñetazo. Si su hermano no le hubiera puesto delante de las cámaras, nada de eso habría pasado.

Ashley debió de interpretar su silencio como desacuerdo.

—Me dejaste embarazada, Billy. Fuiste tú quien se asustó, te liaste a dar puñetazos a una pared y desapareciste durante días —le recordó ella. De pronto, su rostro parecía el de aquella chica de dieciséis años—. ¿Qué esperabas que hiciera? Estaba asustada y mis padres… nunca volvieron a confiar en mí. Mi madre me envía tarjetas de felicitación en mi cumpleaños, pero ya no hablamos —confesó, y se aclaró la garganta. Estaba al borde de las lágrimas—. Por eso, le puse fin al embarazo. Desde entonces, no podía soportar verte. Sé que dije cosas terribles, pero estaba sufriendo y… no quería admitir que yo era la razón por la que mi padre dejó de hablarme. Por eso, tuve que echarte la culpa a ti.

—Deberías haber confiado en mí. Me habría ocupado de ti.

Ella meneó la cabeza, parpadeando para no llorar.

—Éramos muy jóvenes. No podíamos cuidar de nosotros mismos y, menos, de un bebé. No quiero arruinarte la vida, Billy, no más de lo que se arruinó la mía. Solo necesito el dinero. Luego, no volverás a verme. Te lo prometo –afirmó ella con firmeza.

Billy hundió los hombros bajo el peso de la culpabilidad. Ella tenía razón. Maldición. La había asustado portándose como un descerebrado, dando golpes a esa pared, y después la había abandonado. Si hubiera… Era inútil pensar en cómo habrían cambiado las cosas, si hubiera actuado de otra manera. Había sido un idiota. Si era así como debía pagar por sus pecados, lo haría. Quizá, era la manera de saldar su deuda con Ashley y con el bebé perdido.

Si accedía a los deseos de su antigua novia, podría dedicar el resto de su vida a Jenny y a su hijo.

–De acuerdo.

–¿Sí?

Billy se levantó y la guio a la sala de espera. No tenía chequera, pero Ben, sí, en su despacho. Quería que su hermano le hiciera uno y que Ashley saliera de allí antes de que llegara Jenny.

Lance estaba sentado en recepción con aspecto nervioso.

–Espera aquí –le dijo Billy a Ashley–. No dejes que hable con nadie –le pidió a Lance, pensando en Jenny.

Cincuenta mil dólares. Ben iba a matarlo por sacarlos de los fondos de la compañía. Agarró el cheque que salió por la impresora y se dirigió escalera abajo, rezando por haber sido lo bastante rápido.

Pero no.

Capítulo Diecisiete

Ashley estaba donde él la había dejado. Y, al otro lado de la sala de espera, estaban Jenny y Seth. Seth estaba sentado en una silla, con la mochila a sus pies. Jenny estaba de pie a su lado, de brazos cruzados, vestida con una blusa que le sentaba de maravilla. Por su mirada, era obvio que había reconocido a Ashley por lo que era… una amenaza. Las dos mujeres se miraban con clara desconfianza.

–Toma –dijo Billy, tendiéndole el cheque a Ashley.

Antes de tomarlo, la rubia arqueó una ceja mirando a Jenny.

Por su sonrisa malvada, Billy adivinó que la honestidad que había compartido con él hacía minutos había vuelto a desaparecer. Era la misma arpía de siempre.

–Veo que tu gusto en cuestión de mujeres no ha cambiado.

Entonces, Ashley se acercó a él y se puso de puntillas, como si fuera a darle un beso de despedida.

–No me toques –exigió él, apartándose–. Ya tienes lo que querías. Ahora, vete. Ese era el trato.

–Así es –repuso la rubia, e inspeccionó un momento el cheque–. Adiós, Billy.

Él no respondió. Tras un incómodo silencio, Ashley se forzó a sonreír y salió de la tienda.

170

Nadie en la sala se movió. Jenny siguió a la otra mujer con la mirada. Luego, la clavó en Billy. Seth los miraba a los dos alternativamente. Hasta Lance parecía acobardado.

Jenny rompió el silencio.

—Agarra tu mochila —le dijo a Seth—. Nos vamos.

El chico abrió la boca para decir algo, pero se arrepintió. Agarró la mochila y se levantó.

—Espera un minuto —dijo Billy—. Lance, vete fuera con Seth. Ahora.

—Nos vamos —repitió Jenny con más fuerza.

—De eso nada —negó él. No pensaba perder esa batalla—. Idos —le repitió a Lance mientras pasaba a su lado para acercarse a Jenny.

Billy estaba preparado para que ella reaccionara de alguna manera, incluso, para que le diera una bofetada. Pero no estaba preparado para lo que pasó a continuación. Seth se interpuso entre los dos.

—No hagas daño a mi madre —rugió el niño, dejó caer su mochila y sacó los puños en posición de combate—. Te lo advierto, Billy.

Detrás de ellos, Lance soltó un grito, alarmado.

—Solo quiero hablar contigo —señaló Billy, por encima de la cabeza de Seth—. Si crees que soy capaz de hacerle daño a tu madre, chico, es que no me conoces —añadió luego, mirándolo.

Seth se quedó pensativo un instante.

—Bueno, pero mejor que tengas cuidado —dijo el chico al fin.

Seth tomó la mochila y salió fuera con Lance, que parecía aliviado de poder irse. Jenny hizo ademán de seguirlos, pero Billy le impidió el paso.

—Espera, nena.

—No me llames nena.

—Al menos, deja que te lo explique –pidió él. Aunque no estaba seguro de que sirviera de mucho explicar las cosas.

—¿Explicar qué? La he reconocido. Es la mujer que pujó por ti en la subasta. ¿Ha vuelto para hacerte una mejor oferta? –le espetó ella, quebrándosele la voz.

No había ninguna forma suave de contarle la verdad, se dijo Billy.

Ella intentó apartarlo para salir.

Por supuesto, no pudo moverlo ni un milímetro. Billy le tomó las manos y se las llevó al corazón. Sobre su rosa.

—No, maldición, escucha. Esa era Ashley. Era mi novia del instituto.

De pronto, Jenny se quedó paralizada. Se agarró a su camiseta.

—La que…

—Sí –afirmó él y se arriesgo a acariciarle la mejilla–. Entró aquí hace media hora.

—¿Qué quería? –inquirió ella. Sonaba menos furiosa.

—Dinero.

—¿Para qué?

—No lo sé. Lo necesitaba. Dijo que, si no, le contaría nuestra historia a la prensa.

Jenny cerró los ojos, llena de tristeza.

—¿Cuánto le has dado?

Billy quería apretarla entre sus brazos y besarla con pasión para hacerle olvidar todo lo que había pa-

172

sado, toda su historia sobre antiguas novias y bebés perdidos, todo lo que no podía cambiar de sí mismo.

Pero no podía.

—¿Cuánto?

—Cincuenta mil dólares.

Jenny se encogió. Le empujó del pecho, apartándose de él. Pero lo más duro fue cómo las lágrimas comenzaron a brotarle de los ojos.

—Cada día, me levanto y me enfrento a mis errores, Billy —dijo ella con voz temblorosa—. Me siento con ellos a la mesa y conduzco con ellos al colegio y les regaño por no hacer los deberes. Y, cada día, hago las paces conmigo misma y con las elecciones que hice en el pasado.

Cuando ella abrió los ojos, Billy supo que la había fastidiado. Lo intuyó en el fondo de su corazón. Aquello tenía difícil arreglo.

—Sé que he cometido errores. Eso, lo sé —admitió él.

Ella esbozó una débil sonrisa llena de tristeza.

—Saber cuáles son tus errores y hacerte responsable de ellos son dos cosas distintas. No puedo estar con un hombre que no es capaz de enfrentarse a sus errores, Billy. No puedo estar con alguien que se avergüenza de quien es o de lo que ha hecho. No puedo estar con alguien que cree que puede arreglar un problema con dinero. Eso no cambiará lo que hiciste —señaló Jenny, y lo miró a los ojos antes de dar el golpe de gracia—. No quiero que mi hijo esté con alguien así.

Eso fue todo. No se despidió de él. Se secó las lágrimas. Lo rodeó y salió por la puerta.

Había perdido a Jenny. Él mismo había firmado su sentencia de muerte. En ese mismo momento, volvió a ser un hombre perdido.

Aparte de haberle preguntado a su madre si le había hecho daño, Seth no había dicho nada más.

–No, tesoro –le había respondido ella.

Si había creído que se le había roto el corazón cuando Ricky la había abandonado estando embarazada de ocho meses, aquello no había sido nada. Entonces, había creído estar enamorada de él. ¿Pero qué había sabido una niña de diecisiete años del amor? Nada.

En el presente, sin embargo, sí sabía lo que era el amor.

Sabía lo que era dejarlo atrás y sabía lo grande que iba a ser el boquete que le iba a quedar en el corazón.

¿Cómo podía haberse olvidado de ser cautelosa y haber seguido a otro hombre irresponsable como una tonta? Había querido que tras su fachada de chico malo, hubiera un hombre noble, honrado y decente. Un hombre con el que podía estar y que sería un buen ejemplo para su hijo.

Sin embargo, era la clase de hombre que pagaba a sus antiguas novias para que lo olvidaran. Era alguien que ponía su imagen pública por encima de lo demás.

Durante los días siguientes, Jenny estaba hiperactiva. Limpió su clase de arriba abajo. Hizo su colada, la de su madre, hasta la de algunos vecinos. Frotó los suelos de su casa. Hasta consideró pintar el salón.

Cuando eso no fue suficiente para sacarse a Billy de la cabeza, se lanzó a la carretera. Visitó a todas las chicas que habían formado parte de su programa para madres adolescentes a lo largo de los años.

Josey llamó, pero a Jenny no le apetecía hablar con ella con el teléfono que Billy le había regalado, así que dejó que su mensaje entrara en el buzón de voz. Cuando se le terminó la batería al móvil, lo guardó en un cajón.

En las semanas que siguieron a su desencuentro, Billy no pudo hacer nada más que pensar en Jenny. Tanto si estaba explicándole a su familia por qué había firmado un cheque por tanta alta cantidad a una mujer que nadie recordaba, como si estaba emborrachándose en el bar o superando el límite de velocidad en la autopista, la imagen de Jenny lo acompañaba. No podía dejar de pensar en su rostro bañado en lágrimas.

La situación podía haber sido mucho peor. Su padre le había exigido que devolviera el dinero. Billy había tenido que pedirle a Bobby que vendiera algunas motos de su colección privada para poder saldar su deuda con la compañía. Y Bobby lo había hecho sin meter a cámaras de por medio.

Lo malo era que Ben se lo había contado a Josey. Y Josey no parecía muy contenta con él. Más bien, actuaba como si su cuñado no existiera.

Se volcó en el trabajo. Construir motos había sido su tabla de salvación en el pasado. Era su única esperanza en el presente. Adelantó mucho los pedidos, pero no se sentía mejor. Quizá, nunca volvería a sentirse bien.

Sabía que Jenny tenía razón. Había intentando zafarse de un problema usando el dinero para pagar el silencio de su exnovia. ¿Qué más daba si la prensa hablaba mal de él y el negocio bajaba? Ya tenía más dinero del que había soñado amasar.

Los días pasaban uno detrás de otro, igual que las semanas. En el taller, siempre había alguien con él, Ben, Jack Roy, hasta Bobby se pasaba por allí de vez en cuando.

Alguien le tocó en el hombro. Se giró, esperando encontrarse con Cass, que solía llevarle comida y le daba la lata para que comiera. No era Cass.

Seth estaba delante de él y parecía muy furioso.

–Quítate la máscara –dijo el chico, gritando tanto que Billy lo oyó a pesar de que llevaba protectores para los oídos.

–¿Seth? ¿Qué estás haciendo aquí? ¿Cómo has venido? Dime que no has robado el coche de…

Fue todo lo que pudo decir. Seth arremetió contra él y le dio un puñetazo con todas sus fuerzas.

Todo el mundo se quedó paralizado en el taller. La mitad de los muchachos se lanzaron a sujetar al chico, pero Billy les ordenó que no hicieran nada.

Ben voló escalera abajo. Cass debió de haberle llamado cuando Seth llegó. La recepcionista estaba allí también, para empeorar las cosas, su padre había salido del despacho y estaba observando la escena completa desde lo alto de la escalera.

–Me dijo que no la habías lastimado, pero mintió –le espetó Seth con los puños apretados–. La hiciste más feliz de lo que la había visto nunca. Yo no sabía que podía ser tan feliz. Luego, le hiciste daño.

–Seth…

–Pensé que yo te caía bien. Pensé que estabas orgulloso de mí –le acusó Seth, hasta que se le quebró la voz y los ojos se le llenaron de lágrimas. Pero eso no lo detuvo–. Pensé que eras un tío legal. Quería ser como tú. Quería que fueras mi padre.

–Seth… –empezó a decir Billy.

–¡No! –gritó Seth, llorando–. No he terminado. No quiero parecerme a ti. Mi madre tenía razón. Estábamos mejor sin mi padre y estamos mejor sin ti –añadió. Se sacó dos móviles del bolsillo y los lanzó contra la mesa–. Si alguna vez vuelves a hacerle daño, tendrás que vértelas conmigo.

Sollozando, el chico se giró y salió corriendo del taller, dándole un empujón a Cass para pasar.

El taller se quedó en silencio. Ningún hombre maldijo. No se oyó el ruido de herramientas. El niño no le había golpeado tan fuerte, pero Billy nunca había sentido tanto dolor. Los empleados nuevos se miraban entre sí, sin saber qué estaba pasando. Los más antiguos, como Roy, lo miraban con gesto acusador. Pero aquello no era nada comparado con la mirada de desprecio de su propio padre. Incluso de lejos, podía percibir la decepción en su cara. Tenía la misma expresión que cuando lo había dejado en la cárcel, diciéndole que no quería volver a verlo hasta que rectificara su camino.

¿Se había referido a eso Jenny cuando le había dicho que uno tenía que enfrentarse a sus errores? Ella tenía razón.

Había llegado el momento de que empezara a enfrentarse a sus equivocaciones.

Billy dejó caer su máscara al suelo y salió corriendo detrás del chico. Seth estaba subiéndose al viejo coche de Jenny. Cuando vio a Billy, encendió el motor e intentó salir de allí.

—Quítate de ahí —ordenó Billy, agarrando al chico del brazo.

—No. ¡No! ¡Aléjate de nosotros! —se defendió Seth, intentando soltarse. Como no lo logró, empezó a darle patadas.

Billy se llevó alguna que otra. De todas formas, no pensaba dejar que un muchacho histérico se pusiera a conducir por la autopista.

—¡Lo has estropeado todo! ¡Te odio! ¡Te odio!

Billy apretó los dientes, sintiendo cómo le golpeaban sus palabras. El chico le dio un puñetazo en el pecho, repitiendo que lo odiaba una y otra vez, hasta que, al fin, se derrumbó en sollozos.

Él hizo lo único que se le ocurrió. Abrazó al chico.

—Estoy orgulloso de ti, Seth —afirmó Billy, atragantándose por la emoción—. Eres un buen chico y me gustaría ser tu padre —confesó. Lo que más le sorprendió fue que aquella era la verdad, aunque no lo había reconocido ante sí mismo hasta entonces.

Seth estaba tan conmocionado que no pudo hacer más que negar con la cabeza. No creía a Billy.

—¿Sabe tu madre dónde estás?

Seth negó con la cabeza de nuevo.

—Voy a llevarte a casa.

Capítulo Dieciocho

–¿Qué vais a hacer esta noche? –les preguntó Jenny a las chicas.

Había conseguido reunir a doce en su grupo. Solo seis de ellas estaban embarazadas, lo que consideraba una victoria, la única de la que podía enorgullecerse esos días.

–Nada de alcohol. Nada de drogas –respondieron las chicas al unísono.

–¿Y?

–Hacer los deberes. Ir al colegio mañana.

Cyndy no dijo esa parte, pero sonrió. Todavía estaba recuperándose de su parto. Había tenido una niña preciosa y sana, que había sido adoptada por una familia que vivía a dos horas de allí. Ella volvería al colegio a la semana siguiente.

–Buen trabajo, chicas. Recordad, llamadme si me necesitáis. Si no...

El sonido de unas botas por el pasillo le hizo interrumpirse. Jenny conocía el sonido de esas botas.

De pronto, Billy abrió la puerta de la clase y metió a Seth dentro. Su hijo estaba rojo como un tomate y tenía una bolsa de hielo apretada contra la mano.

–¡Seth! ¿Qué...?

–Díselo –le indicó Billy al niño con una mano en su hombro.

Seth no dijo palabra.

–¿Qué es todo esto? –inquirió Jenny.

–Es él quien ha metido la pata. Es él quien tiene que afrontar las consecuencias –señaló Billy, mirándola a los ojos.

–Mira quién habla –murmuró ella.

Billy no se dejó amedrantar.

–Vamos, chico.

–Yo... esto... –balbució Seth, y se sorbió los mocos–. Me llevé tu coche para ir a ver a Billy al taller y le di un puñetazo.

Jenny se quedó perpleja, posando los ojos en la mano con hielo de su hijo y en la cara de Billy. Podía ver que tenía una zona enrojecida por el golpe.

–¿Que hiciste qué? ¡Me dijiste que ibas fuera a ayudar a Don!

Billy le dio un pequeño empujoncito al chico para que contestara.

–Le dije a Don que me quedaría aquí contigo.

Billy carraspeó.

–Siento haber mentido –añadió Seth.

El tumulto de emociones que se apoderó de Jenny fue tan poderoso que le temblaron las rodillas. ¿Su hijo había conducido por la autopista en su coche? ¿Le había dado un puñetazo a Billy en la cara?

–¿Estás bien? ¿Estás herido?

Seth se limpió la nariz con la mano libre, pero no respondió. Jenny tuvo la sensación de que su hijo estaba haciendo todo lo posible por no romper a llorar delante de las chicas... todas las cuales estaban escuchando atentamente el pequeño drama.

–Cass dijo que no parece que la mano esté rota

–informó Billy–. Nos ha atendido a mi padre y a mí muchas veces después de nuestras peleas y sabe de lo que habla.

Jenny abrió la boca y volvió a cerrarla.

–¿Entonces estás bien?

–No me duele tanto –contentó Seth, tratando de hacerse el duro.

Entonces, Jenny se dio cuenta de lo disgustado que debía de haber estado su hijo para llevarse su coche y conducir hasta el taller, para golpear a un hombre que más bien parecía un armario. Había fracasado como madre, de nuevo, se dijo a sí misma. Había estado tan ocupada en superar la ruptura con Billy que no se había fijado en lo mucho que sufría Seth por haber perdido a su mentor, a su amigo.

Billy estaba allí parado, con una mano sobre el hombro de su hijo, lanzándole esa mirada salvaje que solía asustar a la gente. Pero Jenny sabía que solo era su manera de enmascarar los nervios.

Además de tener la cara un poco hinchada donde Seth lo había golpeado, tenía buen aspecto. Le había crecido la barba y el pelo ya le llegaba al cuello de la camisa. Todavía llevaba puesta la ropa de trabajo que usaba en el taller.

Sin embargo, Jenny no quería que estuviera allí. No quería enfrentarse a ese error en concreto, delante de un público como el que tenía.

–Hablaré contigo cuando lleguemos a casa –le dijo ella a su hijo, y lo apartó de Billy–. Gracias por traerlo de vuelta.

Billy arqueó una ceja.

–No he terminado –advirtió él con tono serio–.

Yo también he metido la pata. Y tengo que pagar el precio.

Entonces, hizo la cosa más inesperada. Sacó la silla que había detrás de la mesa de la maestra y se sentó, mirando a las chicas.

—Hola, chicas —saludó él, tratando de sonar amistoso, aunque seguía dando miedo.

Jenny se quedó clavada al sitio, mirándolo, escuchándolo.

—Jenny es una buena maestra, ¿verdad?

Las jovencitas rieron. Ellas la llamaban señora Wawasuck. Y asintieron.

—Yo he aprendido mucho de ella —continuó Billy—. Aprendí que uno tiene que enfrentarse a sus errores.

—Billy... —dijo ella.

—Sé que algunas de vosotras estáis aquí porque cometisteis un error. Y otras no queréis cometer el mismo error.

Algunas chicas se sonrojaron, otras miraban al suelo. Ninguna dijo nada.

—Quiero deciros que lo entiendo. Yo cometí el mismo error. Cuando tenía diecisiete años, dejé embarazada a una chica.

Un murmullo resonó en el aula, una especie de grito sofocado que todas habían estado conteniendo.

Jenny notó que hasta Seth se podía tenso.

Pero Billy prosiguió.

—Me asusté. Le dije a la chica que no quería el bebé, que no quería ser padre. No me quedé a su lado cuando me necesitaba. Supongo que lo mismo os ha pasado a algunas de vosotras.

Cyndy, sentada al fondo, asintió llorando.

–Volví y le pedí que se casara conmigo, pero ya había abortado. Me dije que había sido ella quien había errado, no yo. La culpé por quitarme a mi bebé, pero nunca admití mi responsabilidad por lo que había pasado. Yo... –confesó él, y se le quebró la voz.

Estaba claro que Billy estaba haciendo exactamente lo que le había pedido, comprendió Jenny.

Cuando él habló de nuevo, parecía más vulnerable de lo que ella nunca le había visto.

–La vi de nuevo hace unas pocas semanas. Nunca superó lo que pasó. Y la verdad es que yo tampoco me había enfrentado nunca a mi equivocación –reconoció él. Su voz se suavizó–. La verdad es que los dos nos equivocamos. Hacen falta dos personas para que haya un embarazo. Podéis intentar culparlos a ellos, pero también tenéis que admitir vuestra responsabilidad.

Entonces, Billy se volvió hacia Jenny, que tenía los ojos húmedos.

–Eso fue lo que hiciste tú. Aceptaste tu parte y criaste a un niño excelente que está dispuesto a arriesgarse para protegerte. Pero yo no lo hice. Y tenías razón. He estado avergonzado desde entonces.

Mientras lo escuchaba, a Jenny se le rompió el corazón una vez más. Billy no estaba escondiéndose del pasado, ni enterrando su equivocación bajo montañas de dinero. Estaba poniendo toda la carne en el asador.

Él volvió a dirigirse a las niñas.

–Puede que penséis que los chicos somos imbéciles, y tal vez lo seamos, pero estamos tan asustados como vosotras. La única diferencia es que nosotros podemos escapar. Y algunos chicos lo hacen. Tendrán que cargar con esa culpa toda la vida. Haced elecciones de las que no vayáis a arrepentiros. No tengáis sexo o usad preservativos. Quedaros con el bebé, o dadlo en adopción, o lo que sea. Pero, hagáis lo que hagáis, tenéis que ser capaces de levantaros cada mañana, miraros al espejo y deciros que lo hicisteis lo mejor que pudisteis.

Hubo un silencio profundo. Nadie se movió, hasta que las chicas más jóvenes empezaron a cuchichear.

Jenny respiró hondo, tratando de mostrarse entera.

—Ya hemos terminado por hoy. Os veré a todas mañana.

No tuvo que decirlo dos veces. El aula se despejó en cuestión de minutos.

—Tú también, chico —dijo Billy. Cuando Seth no se movió, añadió—: Te di mi palabra, ¿recuerdas?

—De acuerdo —murmuró Seth y, con la bolsa de hielo en la mano, salió.

Se quedaron solos Jenny y Billy. Despacio, él se puso en pie y colocó la silla en su sitio. Luego, se acercó a ella.

Jenny quería apartarse, pero no pudo. Ni siquiera fue capaz de moverse cuando la tomó entre sus brazos y la besó.

En ese momento, ella se olvidó de todo lo que la había apartado de ese hombre. Solo podía pensar que el mundo volvía a tener sentido. Cielos, cuánto lo había echado de menos.

—No me he portado bien contigo, Jenny —dijo él, apretándola contra su pecho—. Ese fue mi error, con el que tengo que enfrentarme cada día ante el espejo. Por eso, intenté no mirarme al espejo –confesó con una triste sonrisa–. No funcionó.

–¿Eh? –preguntó ella, y levantó la mano hacia su cara para tocarle los labios.

–Intenté perderme otra vez, en el trabajo, en la cerveza –explicó él–. Eso tampoco funcionó.

Jenny se sentía tan bien entre sus brazos... ¿Cómo había creído que podría vivir sin él?

–A mí me pasó lo mismo –admitió ella–. Hasta he pintado el salón de mi casa.

La sonrisa de Billy se tornó menos triste, mientras seguía abrazándola.

–Así que he decidido que solo hay una manera de superar nuestra ruptura –continuó él, y la soltó. Sin darle tiempo a pensar, se arrodilló delante de ella, tomándola de las manos–. Si me aceptas, lo haré mejor. Seré mejor persona, para ti y para tu hijo.

–¿Lo dices en serio?

Billy asintió.

–No te prometo que vaya a dejar de decir palabrotas. Estoy demasiado acostumbrado a hacerlo. Y Seth las ha oído todas ya. Si me quiere como padre, estaré orgulloso de que sea mi hijo –afirmó él, tragando saliva–. No soy perfecto. Trabajo mucho. Soy gruñón. Y mi familia es un incordio. Pero, si me aceptas como marido, Jenny, quiero que seas mi mujer. Te amo.

Billy le había roto el corazón, pero estaba pegando todos los pedazos con cada una de sus palabras.

–¿Y si no funciona?

–No lamentaré haberlo intentando. Nunca lamentaré quererte.

Cuánto había necesitado ella escuchar esas palabras.

–¿Y si esa mujer regresa y quiere más dinero?

Billy se puso pálido.

–No conseguirá sacarme más dinero. Si habla con la prensa, me enfrentaré a ello. No me voy a esconder más. Me has enseñado tú. Cásate conmigo. Quiero que Seth y tú seáis mi familia. Es lo único que necesito.

–¿Lo prometes?

Billy esbozó una sonrisa pícara y ardiente. La sonrisa del hombre que ella amaba.

–Debes saber algo sobre mí, Jenny. Cuando hago una promesa, siempre la cumplo. Y te prometo ser mejor persona cada día que estemos juntos, durante el resto de nuestras vidas.

Jenny respiró, después de haber estado conteniendo el aliento si darse cuenta.

–Sí –dijo ella, antes de que él la envolviera en un abrazo de oso.

La puerta se abrió y Seth asomó la cabeza.

–¿Habéis terminado?

–No –dijo Billy, posando un suave beso en sus labios–. Acabamos de empezar.

No te pierdas *Un seductor enamorado*,
de Sarah M. Anderson,
el próximo libro de la serie
Los hermanos Bolton
Aquí tienes un adelanto...

¿Qué estaba haciendo Stella en ese momento?

Bobby se hizo la misma pregunta que llevaba haciéndose toda la semana. Y la respuesta era la misma.

No tenía ni idea. Pero le gustaría saberlo.

Tal vez debería haberse esforzado más en conseguir su número aquella noche salvaje en la sala de fiestas. Sí, debería haberlo hecho. Pero Bobby Bolton no perseguía a las mujeres. Disfrutaba de su compañía, por lo general, durante una noche y, de forma excepcional, por un fin de semana. Eso era todo. No tenía relaciones largas. Ambas partes lo pasaban bien y se separaban amistosamente. Esa era su manera habitual de actuar con el sexo opuesto.

Hasta esa noche, hacía un par de meses, en que había conocido a Stella.

Había sido la última noche en que se había sentido el dueño de mundo.

FreeFall, la cadena de televisión que había comprado su *reality show, Los hermanos moteros,* había celebrado una fiesta privada en honor de la nueva temporada de episodios. Era la clase de evento que Bobby adoraba, lleno de gente glamurosa en un lugar selecto y sofisticado.

Esa noche, cuando había estado escrutando la sala, una mujer sentada en una esquina le había llamado la atención. Tenía la clase de estilo que la distinguía de las demás. En vez de ir vestida con algo demasiado corto o demasiado ajustado, llevaba vestido de manga larga cubierto de flecos de cuero y con la espalda al descubierto. Era un atuendo llamativo y sensual, aunque su portadora estaba sola con la vista puesta en la multitud.

Bobby había ignorado su identidad cuando la había invitado a tomar algo. Ella le había dicho que era diseñadora de moda, pero no había mencionado su apellido. Lo había dejado embelesado con su atrevido estilo, su acento británico y su actitud distante del resto del grupo. Habían hablado como si hubieran sido viejos amigos, todas las bromas que habían compartido habían tenido un sentido especial que ambos habían sabido interpretar y disfrutar juntos. Él había quedado prendado.

Esa debía de ser la razón por la que habían terminado en el asiento trasero de una limusina con una botella de champán y un par de preservativos.

Sin embargo, más tarde, cuando Bobby le había pedido su número de teléfono, ella había dejado caer la bomba. Era Stella Caine, hija única de David Caine, propietario de la cadena de televisión FreeFall, productor del *reality show* de los Bolton y socio mayoritario de su nuevo proyecto urbanístico. Para colmo, se trataba de uno de los hombres más conservadores del país.

Bobby se había sentido fuera de juego por completo. ¿Cómo podía haber hecho algo tan estúpido? ¿Qué pasaría si ella se lo contaba a su padre?

David Caine se ocuparía de hundirlo en la miseria, eso sería lo que pasaría, se dijo a sí mismo.

Deseo

TRENT

Lujo y seducción

CHARLENE SANDS

Trent Tyler siempre conseguía lo que se proponía, y no había mujer que se le resistiera. Ahora, el éxito del hotel Tempest West dependía de lo que mejor sabía hacer: seducir a una mujer; pero, irónicamente, en esta ocasión lo que más necesitaba de Julia Lowell era su cerebro.

El vaquero texano, que no había olvidado el tórrido romance que había vivido con Julia durante un fin de semana, la convenció fácilmente para que se convirtiera en su empleada… con algún extra. ¿Pero qué ocurriría cuando ella descubriera la verdad sobre su jefe?

Para aquel hombre irresistible, ganar lo era todo

¡YA EN TU PUNTO DE VENTA!

Acepte 2 de nuestras mejores novelas de amor GRATIS

¡Y reciba un regalo sorpresa!

Era un trato muy sugerente…

Conall Devlin era un hombre de negocios implacable, dispuesto a llegar a lo más alto. Para conseguir la propiedad con que pensaba coronar su fortuna aceptó una cláusula nada habitual en un contrato… ¡Domesticar a la díscola y caprichosa hija de su cliente!

Amber Carter parecía llevar una vida lujosa y frívola, pero en el fondo se sentía sola y perdida en el mundo materialista en que vivía. Hasta que una mañana su nuevo casero se presentó en el apartamento que ocupaba para darle un ultimátum. Si no quería que la echara a la calle, debía aceptar el primer trabajo que iba a tener en su vida: estar a su completa disposición día y noche…

DÍA Y NOCHE A SU DISPOSICIÓN
SHARON KENDRICK

Conquistando al jefe

Joss Wood

Cuando el productor de cine Ryan Jackson besó a una hermosa desconocida para protegerla de un lascivo inversor, no sabía que era su nueva empleada ni que se trataba de la hermana pequeña de su mejor amigo. La única forma de llevar a cabo su nueva producción era fingir una apasionada relación sentimental con la única mujer que estaba fuera de su alcance. Entonces, ¿por qué pensaba más en seducir a Jaci Brookes-Lyon que en salvar la película?

Un inesperado beso levantó una llama de pasión

¡YA EN TU PUNTO DE VENTA!